国家社科基金重大项目"加勒比文学史研究（多卷本）"
（21&ZD274）阶段性成果

杭州师范大学加勒比地区研究中心"加勒比译丛"项目成果

加勒比译丛

总主编 周 敏

Caribbean
加勒比民间故事
来自群岛和"温德拉什移民"的故事
Folk Tales
Stories from the Islands and the Windrush Generation

[英] 温迪·希勒（Wendy Shearer） 著

陈忆玮 译

ZHEJIANG UNIVERSITY PRESS
浙江大学出版社
·杭州·

图书在版编目（CIP）数据

加勒比民间故事：来自群岛和"温德拉什移民"的
故事 / （英）温迪·希勒著；陈忆玮译. -- 杭州：浙
江大学出版社，2025. 6. --（加勒比译丛 / 周敏总主编
）. -- ISBN 978-7-308-26156-2

Ⅰ. I750.73

中国国家版本馆 CIP 数据核字第 2025TN0705 号

加勒比民间故事：来自群岛和"温德拉什移民"的故事

[英]温迪·希勒　著

陈忆玮　译

出 品 人	吴　晨	
总 编 辑	陈　洁	
丛书策划	黄静芬	
责任编辑	黄静芬　张闻嘉	
责任校对	杨诗怡	
封面设计	林智广告	
出版发行	浙江大学出版社	
	（杭州市天目山路148号　邮政编码310007）	
	（网址：http://www.zjupress.com）	
排　　版	杭州林智广告有限公司	
印　　刷	杭州宏雅印刷有限公司	
开　　本	880mm×1230mm　1/32	
印　　张	6.875	
字　　数	150千	
版 印 次	2025年6月第1版　2025年6月第1次印刷	
书　　号	ISBN 978-7-308-26156-2	
定　　价	58.00元	

浙江省版权局著作权合同登记图字：11—2025—03

总　序

　　加勒比地区，这片镶嵌在大西洋与加勒比海之间的群岛，是全球历史上最为复杂而独特的文化交汇点之一。它不仅涵盖了大安的列斯群岛、小安的列斯群岛和巴哈马群岛，还包括中南美洲沿海的一些国家和地区。自 15 世纪末哥伦布抵达以来，加勒比地区逐渐成为欧洲列强竞相争夺的前沿地带、非洲奴隶贸易的主要枢纽，以及美洲原住民命运剧变的见证者。经过几个世纪的历史变迁，这里成了全球资本主义体系的关键环节，形成了丰富多元、极富创造力的独特文化生态。

　　加勒比的独特性首先体现在其是多元文明交汇与互动的核心区域。欧洲殖民体系的扩张、非洲人口的被迫迁徙、印第安原住民的抵抗斗争，以及后殖民时代民族认同的重塑，共同塑造了这片海域的历史轨迹。加勒比不仅见证了殖民体系的暴力压迫，更成为全球反抗、革命和文化创新的重要阵地。海地革命不仅推翻了法国殖民者的压迫统治，开创了世界第一个由奴隶建立的独立国家，更以其历史壮举深刻影响了此后全球去殖民化的进程，成为世界历史转型中的重要节点。它在思想上鼓舞了反殖民斗争的参与者，并为拉美独立运动提供了一定的借鉴，但同时也引发了拉美克里奥尔精英阶层①对社会秩序的警惕，使他们在推动独立时更加谨慎。加勒比各国的独立进程不仅改变了地区政治格局，也为世界范围内的反殖民斗争和社会变革提供了经验和启示。

更为重要的是，加勒比不仅是殖民遗产的承载者，更是全球文化创造力的重要贡献者。在多元文化的交汇、碰撞、融合与创新之下，这片土地孕育出以混杂与交融为特征的"克里奥尔化"（Creolization）文化形态。克里奥尔化是指不同文化元素在加勒比地区相遇、融合，并衍生出独特文化形态的过程。这一过程不仅体现在语言的演变中，如克里奥尔语的诞生与发展，还广泛渗透于宗教、音乐、文学等多个领域。欧洲的宗教与艺术、非洲的音乐韵律与传统仪式、美洲原住民的神话传说与自然观，以及后期移民潮带来的亚洲文化，与当地文化交织共生，最终形成了一种充满活力、独具特色的"克里奥尔文化"。加勒比文化，正如爱德华·格利桑（Édouard Glissant）所言，是一种"关系中的文化"（culture of relation）。这一文化形态并非建立在单一根源的认同之上，而是在非洲、欧洲、美洲、亚洲多重文化谱系的交汇、碰撞与融合中生成。它体现了一种开放的、动态的、差异互涉的文化逻辑，打破了西方中心主义所坚持的"同一性"范式，转而走向"关系性"的身份建构。这种关系中的文化，展现出强大的创造力和包容性，为全球文化发展提供了独特的启示。

这一点在文学方面的体现尤为明显。来自加勒比地区的德里克·沃尔科特（Derek Walcott）、V. S. 奈保尔（V. S. Naipaul）等作家均获得了诺贝尔文学奖，他们的作品探讨殖民历史、流散经

---

① 克里奥尔精英阶层通常指在殖民社会中，虽然不属于欧洲本土贵族，但在殖民地内部依靠政治、经济、文化资源占据相对优势地位的那一群体，常是殖民地出生的白人、混血种人，某些情况下也包括非洲裔中地位较高者。

验、身份认同等问题，挑战西方主导的话语体系。需要强调的是，加勒比文学的成就不仅在于获得了被西方文坛掌控的文学奖项，还在于凭借着对不同艺术和文化、不同思想和传统资源的吸收与借鉴，将加勒比地区的文脉在重重困难中保存下来，并构成了当代学术研究不可或缺的思想资源。例如斯图亚特·霍尔（Stuart Hall）、爱德华·格利桑、弗朗茨·法农（Frantz Fanon）等学者以批判理论和后殖民思想深刻影响了全球知识体系。加勒比地区未被殖民主义同化的文化之根，不仅为加勒比文学的繁荣及其在国际文坛影响力的提升奠定了基础，而且为加勒比文化主体性的建设提供了维系的纽带。

正是在这一背景下，我们推出了国内首套致力于展现加勒比地区的文学文化及社会历史等诸方面的"加勒比译丛"，希望通过这一系列译作，引导中文世界更深入地了解加勒比文化、历史和思想。这套译丛的编撰，不仅是对加勒比文化资源的整理，也是中国学界对全球南方文化对话的一次主动参与。加勒比作为全球化的前沿区域，其历史经验和文化创造力，对于我们理解现代世界体系、后殖民议题、多元文化交汇等问题，具有不可替代的重要性。然而，长期以来，加勒比研究在国内处于相对边缘的地位，其历史和文化往往被归入欧美殖民史的附属研究，而缺乏独立且必要的学术关注。对于中国而言，研究加勒比不仅是拓展全球史视野的关键环节，更是深化全球南方知识体系交流的重要举措。加勒比的历史经验为全球南方提供了一种去殖民化与文化复兴的模式，其克里奥尔文化的包容性、多元性和创造性，为全球文化研究提供了新的范式。在全球知识体系重构的背景下，加勒比提供了一种不同于西方主导模式的全球文化叙事，它既强调去殖民化的知识生产，也展现了文化融合的创造性路径。与此同时，中国与加勒比地区在国际政治、经济和文化交流上的联系正在不断加深，这也为加勒比研究在中国的发展提供了现实的契机。

"加勒比译丛"的编撰不仅是为了将加勒比的文化、文学与理论著作翻译成中文，使之进入中国读者的视野，更是为了通过这一系列作品，促进中国学界与加勒比的对话，推动全球南方的知识共建。我们希望通过这些文本，为中文世界打开一个理解加勒比的窗口，使加勒比的思想资源融入中国学界的理论探索，从而在全球南方知识体系的构建过程中，发挥更为重要的作用。

在全球变革的时代背景下，加勒比文化为我们提供了极具启发性的思考路径：如何在全球体系中保持文化韧性？如何从历史创伤中寻求主体性重建的可能？如何在全球化进程中坚守自我，同时积极融入世界？如何在全球知识体系中确立全球南方的发声权？这些问题不仅关乎加勒比，也关乎中国，乃至整个全球南方的未来。习近平主席在全球文明倡议中强调："坚持文明平等、互鉴、对话、包容，以文明交流超越文明隔阂、文明互鉴超越文明冲突、文明包容超越文明优越。"[①]加勒比的历史经验及其文化主体性的建构，正体现了这一主张，即全球南方应在文化和知识体系中确立主体性，与全球文明展开平等对话，而非被动接受西方主导的现代性叙述。希望"加勒比译丛"能作为一个起点，让加勒比的故事、思想与经验，在更广阔的语境中被理解、传播与共享，并激发新的思想共鸣。

周　敏

2025 年 2 月于杭州新明半岛听涛阁

---

① 习近平出席中国共产党与世界政党高层对话会并发表主旨讲话．人民日报，2023-03-16(1).

致　谢

　　衷心感谢来自加勒比协会的朋友们以及那些与我分享个人故事与民间传说的朋友，尤其是罗莎蒙德·格兰特（Rosamund Grant）、格雷丝·霍尔沃思（Grace Hallworth）、温斯顿·恩津加（Winston Nzinga）与巴登·普林斯（Baden Prince）。

　　此外，还要感谢大英图书馆（The British Library）埃克尔斯美洲研究中心（Eccles Centre for American Studies）的加勒比文献专家菲利普·亚伯拉罕（Philip Abraham）博士，以及西印度群岛大学的艾莎·斯宾塞（Aisha Spencer）博士。

　　感谢亲朋好友：母亲尤琳·斯图尔特（Euline Stewart）、外祖母克莱奥·泰特（Cleo Taitt）、叔叔莫里斯·泰特（Maurice Taitt）、娜奥米·康罗伊－豪斯（Naomi Conroy-House）、加里·巴伦（Gary Baron）、加里·贝利（Gary Bailey）、贾尔斯·阿博特（Giles Abbott）、皮帕·里德（Pippa Reid），尤其是我的丈夫马特·希勒（Matt Shearer）。衷心感谢你们的支持，感谢你们把故事讲给我听，也感谢你们引荐朋友与家人，带来他们的故事。

序

　　一位毫无戒心的年轻男子，被传说中的"魔鬼女妖"拉迪阿布勒斯（La Diablesse）用催眠之力引诱而去，不禁让人好奇又忧心；识破"变形野猪"想要欺骗并强娶来自小村庄的少女的阴谋，则让人欢欣鼓舞。温迪·希勒（Wendy Shearer）的故事集《加勒比民间故事：来自群岛与"温德拉什移民"的故事》（*Caribbean Folk Tales: Stories from the Islands and the Windrush Generation*）为全球各地的读者带来了欢笑，同时，也引发了思考与文化共鸣。这部新颖独特的故事集激励人心、发人深思，向读者展现了加勒比地区丰富多元的文化遗产。

　　本书独具匠心地融合了过去与现在的世界，连接了不同年代的读者，并展现了非裔加勒比精神对加勒比人民生活的深远影响。书中的故事按主题排列，口语风格贯穿所有故事，营造出充满活力的连续感，既显示了岛屿民众的共性，又突出了每个岛屿的独特风貌。希勒的故事讲得十分巧妙，不仅采用了克里奥尔语（Creole）[①]的语言和叙事风格，还纳入了多种要素，有传说、有

---

① 克里奥尔语，在语言频繁接触地区出现的一种包含不同语言成分的混合型自然语言。主要分布在美国南部、加勒比地区以及西非的一些地方。"克里奥尔"一词最初是指在热带或亚热带殖民地出生和长大的非洲人和欧洲人的后裔。参考链接：https://www.zgbk.com/ecph/words?SiteID=1&ID=302724&Type=bkzyb&SubID=44747。——本书所有注释均为译者注。

歌谣、有魔幻现实主义，也有谚语故事，既可使读者重温过往，回想起丰富多彩的加勒比口头传说，同时又能令人领悟到其中蕴含的经验和教训。这些经验和教训与生活息息相关，可随时灵活运用，指引现实人生。此外，书中表达了普适主题，如善恶之争、爱情的波折、表象与现实的对立以及对自由的追求，因此，本书虽然充满了浓郁的加勒比风情，但却能受到不同文化背景的读者的欣赏与喜爱。

整个故事集运用了讲故事这一传统叙事手法，因此阅读本书成了一段疗愈与滋养的过程。每一部分都以寓意深刻的民间故事为基础，穿插"温德拉什移民"成员的自传性描述，将迁徙经历、故乡记忆与文化习俗编织成一幅生动的个人与历史故事画卷。两者相融合，也平衡了书中虚构与真实的关系。所有的故事均采用民俗框架，使口头叙事文体摆脱了其在西方文学中的边缘地位，重塑了加勒比地区某些神话人物形象主导的历史叙事——过去的欧洲文学传统常把他们刻画成野蛮的、没有灵魂的角色。希勒的故事重新定义了这些人物，使他们成为英雄或是"搅动周遭的人"。正如鲍勃·马利（Bob Marley）① 所言，这些因内心觉醒而积极行动的人，不仅改变了自己，也影响了他人。这些故事如同珍贵的文化遗产，既代表、肯定并颂扬了加勒比人的身份与意识，在面对流散空间中的种族主义、性别歧视及文化偏见等问题时，又显露出深远意义。此外，这些故事也隐隐透露出对父权

---

① 鲍勃·马利（Bob Marley, 1945—1981），牙买加唱作歌手，雷鬼乐的鼻祖。主要作品有《传奇》（"Legend"）、《出埃及记》（"Exodus"）等。他为牙买加以及世界流行音乐做出了巨大贡献。

制下刻板身份及行为的批判，从而颠覆并挑战曾影响这些原始口述民间故事的主流意识形态。

希勒以富有创意的方式整合了不同版本的口述民间故事，通过改编与再叙述，赋予了它们全新的生命，这些故事为读者了解加勒比人民的历史、身份和传统习俗提供了极具价值的信息。希勒还重新诠释了许多广为人知的加勒比神话，强调这些故事并非迷信，而是通过根植于超自然领域的讲故事传统流传至今，值得珍视与传承。

本书将古老、传统的民间故事与现代的叙事语言和语境相融合，其中的一些故事还罕见地采用了第二人称叙事，召唤读者一起探索奇幻世界中的人物和场景。这种叙事方式引入了非裔加勒比文化特有的"呼应"技巧。通过刻画丰富多样的加勒比故事细节，希勒为读者营造了一种身临其境的阅读体验。这些故事历经数百年，已成为加勒比人民生活的重要组成部分。例如，在"音乐与歌谣"这一部分中，我们会因弥漫在《吉他手》故事中的悲剧气息而心有戚戚。故事中，一位饱受冷落的吉他手化为幽灵，向曾无视他的人们复仇。与此同时，我们的感官也会被故事中描述的音乐节奏和舞蹈动作的美感唤醒，并被深深打动。

阅读这本故事集的读者，会从这些充满勇气和胆量的故事里得到力量和灵感。在故事中，被压迫、被迫沉默的人们用智慧反抗剥削，争取正义。每个故事都能让读者深刻感知到身份认同与加勒比地区历史进程的紧密联系，这些读者可能从父母、祖父母，甚至曾祖父母那里听说过这些故事，从而能迅速地与各种神话人物、情节和奇幻世界建立起联系。书中的童话与传说蕴含了忍耐、宽容与信任等美德，而寓言和警示故事则激励人们，在面对困境与不公时，要以坚韧与顽强的精神去迎接挑战。

这部作品包含加勒比民间传说和来自"温德拉什移民"的加勒比声音，以独特的呈现方式使它们浑然一体，为不同年龄层的读者提供了一次良机，让他们能够以更个性化且深入的方式了解加勒比民间传说与历史的方方面面。这些故事邀请我们去观察、去感受一个个迷人而难忘的世界，去触及那些塑造加勒比文化与历史的根源。

请敞开你的心扉，迎接古老文化焕发的新生命力吧！

艾莎·T. 斯宾塞（Aisha T. Spencer）博士

语言与文学教育高级讲师

西印度大学莫纳分校（University of the West Indies，Mona）

引　言

　　在这里，你将读到来自加勒比各岛屿以及圭亚那（Guyana）和苏里南（Suriname）大陆的民间故事与传说。这些故事涵盖了各岛独特的传奇人物，如历史人物——玛丽·西科尔（Mary Seacole），以及加勒比原住民——加勒比人①和泰诺人②的传说，在加勒比地区被欧洲征服之前，他们便生活在这些岛屿上。我对这些故事进行了改编，并将它们置于各座岛屿的历史与文化背景中，自然界的动物和植物也以各自独特的方式参与其中，成为不可或缺的重要角色。其中的一些故事颇为古老，另一些则较为新颖。大多数故事经由被奴役的非洲人带到岛屿上，与欧洲和东印度的民间传说交织、融合。随着每一次的口口相传，这些故事不断生长与变化，反映了我从圭亚那父母与祖父母那里继承而来的

---

①　加勒比人，美洲印第安人的一支。在西班牙征服者到达之前，他们主要生活在小安的列斯群岛和邻近的南美洲沿海地区。加勒比海是以他们的名字命名的。阿拉瓦克语中"Carib"的对应词则是英语单词"cannibal"（食人族）的起源。参考链接：https://www.britannica.com/topic/Carib。

②　泰诺人，隶属阿拉瓦克人，是加勒比地区主要原住民之一。在15世纪末西班牙征服时期，人口曾达一百万，是当地最繁盛的原住民族群。然而，他们常常遭受好战的加勒比人的侵袭。参考链接：https://www.britannica.com/topic/Taino。

文化传统。

每当傍晚时分，岛上的老人和孩子们便围坐在户外，伴随着节奏和歌声讲述这些故事，他们以这种方式延续着非洲格里奥①的角色。众所周知，格里奥以传承历史和传统为己任，几个世纪以来一直是流浪的故事讲述者和口述历史的守护者。

我按照主题整理了这些民间故事，旨在展现加勒比的文化、历史与精神世界。这些主题包括幽灵与变形怪、音乐与歌谣、诡计多端者、爱与失落以及戒慎与公正。这些故事有多个版本，在不同的岛屿上流传。在故事中，你将邂逅圭亚那的"幽灵"（jumbie），它在牙买加被称为"达皮"（duppy）；还将遇见特立尼达岛（Trinidad）的"老希格"（old Higue），在海地（Haiti），她化名为"苏库扬"（soucouyant）。每当夜幕降临，她便褪下人皮，化身为火球，四处寻觅猎物。此外，你还将认识诡计多端的"阿南西"（Anansi），他那些闻名遐迩的故事起源于西非的阿散蒂（Ashanti）族。阿南西被视为知识之神与故事的守护者。在加勒比的民间传说中，阿南西会恣意溜进各种场所，游走于动物与人类之间，常常惹上麻烦，但又总能以智慧化险为夷。

在每个部分的开头，我特意加入了一些访谈记录，这些是我与受访者交流后整理的个人故事，包含了他们小时候在加勒比故乡听故事的回忆，以及他们童年时离开岛屿、来到英国的深刻记

---

① 格里奥（Griot），撒哈拉沙漠以南的非洲国家世代相传的行吟艺人。在古代，行吟艺人是国王和酋长的顾问、史官、传话人，同时也是文学的保存者。他们通晓文学、音乐，熟悉民间传说、故事、神话和谚语。由于当时没有文字，各代历史大多靠他们口头传授。参考链接：https://www.cihai.com.cn/detail?docId=5368473&docLibId=72&q=%E6%A0%BC%E9%87%8C%E5%A5%A5。

忆。这些受访者大多在温德拉什移民潮 ① 时期离开家乡，从加勒比各岛屿来到英国，与当时已在英国工作的父母团聚——他们的父母多从事护士、公交司机、工程师和建筑工人等职业。许多人是为了让家人过上更好的生活才来到英国，也有不少人是响应英国政府的号召，在第二次世界大战后来支援重建的。

他们的个人故事满是离开加勒比故乡、开启新生活时或苦或甜的回忆。一些受访者的童年记忆与民间故事息息相关，他们想象着幽灵在烟雾弥漫的伦敦四处游荡。他们既爱在新国度探险，也因离开故乡，或因在新家园遭遇种族歧视而悲伤。我花了许多时间倾听和记录，仿佛与他们一同穿越时空长河，重返过去。对此，我感到无比荣幸。对于这些从未讲述过自己故事的受访者来说，整个讲述与记录过程是一次抒发情感的机会。每个人都不约而同地回想起，在加勒比地区，讲故事曾是家庭生活中不可或缺的一部分。

同时，黑人精神与文化在这些故事和歌谣中延续，先是传遍各个群岛，而后传到英国，接着又传到他们所踏足的每一片土地。尽管黑人的身影早已遍布世界各地，但这些故事依然代代相传，反映着社会现实，承载着无穷的智慧。

无论我们身处何方，这些故事都会随之而行。

---

① "温德拉什"原名为"帝国温德拉什号"（*Empire Windrush*），是一艘军舰的名字。这艘军舰于 1948 年将第一批由政府组织的加勒比移民带到了英国，包括许多退伍英军士兵。这些移民在英国需要劳动力的情况下受邀而来，他们对英国社会和当地文化产生了深远影响。如今，"温德拉什移民"专指 1948—1971 年从加勒比地区移民到英国的人。"温德拉什移民"和他们的后代一直生活在英国，在英国建立起了根深蒂固的社群，并在各个领域做出了重要贡献。参考链接：https://www.rmg.co.uk/stories/windrush-histories/story-of-windrush-shi。

目　录

幽灵与变形怪

格雷丝·霍尔沃斯

（特立尼达岛）

格雷丝·霍尔沃斯（Grace Hallworth）来自特立尼达岛。她既是故事讲述者，也是图书馆员和作家，已出版 18 部儿童书。她曾多次参加国际艺术节，并在广播和电视节目上亮相，还曾担任多项儿童文学奖项的评审委员会成员。她的作品包括《河边》（*Down by the River*）。这本书由卡罗琳·宾奇（Caroline Binch）绘制插图，1996 年入选凯特·格林威奖（the Kate Greenaway Medal）候选作品名录。格雷丝是讲故事协会首任会长，并长期为该协会提供资助。遗憾的是，她已于 2021 年 8 月去世。她的声音充满活力，能将故事生动地呈现出来。无论是孩子还是成人，只要听过她讲的故事，或是阅读过她创作的加勒比民间故事和歌曲，都会深受启发。采集故事时，我曾联络过格雷丝，她热情邀请我到她家做客。我们一起品尝了姜汁和苹果汁。在讲故事的间隙，她还分享了自己迁居英国的往事。

以下是格雷丝·霍尔沃斯的口述：

我的讲故事之旅始于我获得了加拿大"男孩与女孩之家"的奖学金。这个机构专门帮助年轻人，教授他们各种技能。那时，我才 22 岁。到加拿大之后，我发现那里的人非常重视讲故事。艾琳·科尔韦尔（Eileen Colwell）当时也在加拿大，她是儿童图书馆的开创者，后来还成立了儿童图书馆员协会。她深受大家喜爱，因为她讲故事的时候总是全情投入，充满激情。我很庆幸能够来到"男孩与女孩之家",在那里,我真正感受到了讲故事的力量。虽然我在特立尼达岛时就喜欢讲故事,但到了加拿大,我才真正明白讲故事是多么强大的交流工具。

在"男孩与女孩之家",每周一我们都要分享一本自己喜欢的书。因此我也开始在那里讲故事,并得到了大家的鼓励。自此,我开始认真对待这件事。在特立尼达岛,讲故事是家常便饭,但大家并不把它当回事,只觉得"格雷丝挺会讲故事"。然而,在加拿大,人们认为讲故事是严肃且富有感染力的艺术。因此,加拿大是我讲故事旅程的真正起点。那时,我还去了英国利兹市探望朋友并登台表演。那是我第一次去英国,我非常喜欢英国,也很享受这段时光。人们热情地欢迎我,希望我留下,但由于奖学金限制,我不得不暂时返回特立尼达岛。

不久之后,我受邀前往英国赫特福德郡,协助图书馆推广儿童文学和故事讲述活动。那里的人们非常欢迎我。那时,英国的一切与我所希望发展的方向非常契合。我在中小学开展了大量工作,先是担任儿童图书馆员,后来晋升为学区图书馆员。不久后,我的工作扩展到了其他领域,包括成人图书馆和医院。当人们得知我会讲故事后,总是迫不及待地邀请我前去。就这样,我的讲故事之路渐渐越走越宽。

随后,我与本·哈格蒂(Ben Haggarty)共同创办了一个讲故事协会。我们对此充满热情,知道需要邀请来自不同地方、剧院还有参加过各种节日和活动的讲故事人。这是我故事讲述之旅的新篇章。可以说,我非常幸运,一切都朝着理想的方向发展。

尤琳·斯图尔特
（圭亚那）

1964年，我和两个弟弟一起来到英国。当时我才12岁，我们乘坐的是英国海外航空公司的航班。我们的邻居恰好也搭乘此航班前往英国，她带着两个女儿，并同意在路上照看我最小的弟弟，当时他只有4岁。

那时候，我们不是全家一起移民英国的，没有家庭会这样做。我父亲于1962年先行抵达英国，等找到大小合适的住处后，第二年，即1963年，他把母亲接到了英国。父母在英国工作，其余的人则继续和祖父母一起生活在圭亚那的老家。在移民伦敦前，我们一家人都住在西鲁姆维尔特住宅小区的一栋大房子里，因此，当父母去英国生活时，我们并没有觉得有什么不寻常，因为我们仍然和祖父母住在一起。尽管我们和父母分开的时间足足有两年。

当时，我对去英国感到无比兴奋，因为小时候我们总听说英国的街道是用金子铺成的，没有一点儿泥巴！我满心以为英国会像圭亚那一样阳光明媚、干净整洁。然而，1964年10月31日，当我抵达英国时，夜色已深。天气异常寒冷、黑暗且雾霭弥漫，还下着大雪。我记得那天街头的路灯散发着微弱的黄色光芒，路灯的昏暗令我感到十分沮丧。那是我第一次见到雪，但是雾气浓厚得让我几乎连眼前的东西都看不清。在圭亚那，我们从未见过这样的景象。街上也根本没有黄金！伦敦在年幼的我眼中显得格外陌生和奇怪。我们走在人行道上时，常常看到有人从房子的地下室里钻出来。在浓雾中，他们的身影仿佛是从街头升起的"幽灵"。当时我觉得这种景象十分诡异，于是赶紧加快脚步，尽快走开。

到伦敦几天后，我就想回圭亚那了，因为我完全适应不了这里寒冷的天气。我们不得不戴上手套（甚至戴上了连指手套），穿上靴子。有时候天气冷得令人感觉不到脚趾的存在！鼻子和耳朵都冻得刺痛，我开始频繁地流鼻血！父亲安慰我说："你会慢慢习惯这里的天气。"

离开圭亚那之前，我已经通过了文法学校的 11+ 入学考试，准备入读圭亚那首都乔治敦的主教女子高中。那是乔治敦唯一的顶尖女子学校。但由于我必须去英国与父母团聚，便不能继续和朋友们一起上学，这让我有些难过。我们住在伦敦南部，父亲安排我就读韦斯特伍德女子高中。刚开始，我被安排在最差的班级，因为老师们认为我没有在英国受过教育，成绩一定很"落后"（后来我才知道，西印度裔的孩子常常被打上"成绩异常"的标签）。然而，当时圭亚那的教育水平其实非常高，因此父亲坚持让我在开学第一天接受入学考试。于是我接受了英语口语和数学的严格考试，数学考试内容涵盖了代数、分数、对数和测量等内容。我轻轻松松通过了这些考试，最终被安排在中等 B 班学习英语和数学。校长惊异于我的数学成绩，认为我小小年纪，就能掌握这些知识，非常了不起。六个月后，我在学年中被调入 A 班，直到进入现在所说的 11 年级。我一直是 A 班里唯一的黑人学生。

我非常喜欢上学，学业上也没有什么困难。我的弟弟们则去了当地的男校。我记得，住在伦敦最让我开心的是终于不用再听蚊子的嗡嗡声了，也不会被它们叮咬！蚊子曾是——现在依然是圭亚那最常见的飞虫。我非常讨厌蚊子，因为被叮咬处会瘙痒和肿胀，严重时还可能引发像疟疾这样的疾病。教育始终是我生活中非常重要的部分。在获得教育学硕士学位后，我成为一名年轻黑人和少数族裔青少年的导师。我还担任过小学融合教育专员，负责防止学生遭受欺凌和孤立的工作。如今，我是一名教育咨询与调解顾问，帮助人们在沟通出现障碍时解决冲突。

我确实非常怀念在圭亚那的时光，那时一家人能聚在一起听故事。讲故事和民间音乐是我们生活的一部分。晚上，祖母常常会给我们讲有关幽灵和变形怪的故事，吓得我们晚上睡不着。她还会讲狡猾的阿南西的故事。如果我们中有人撒了谎，祖母就会说："你是在编'阿南西故事'呢。"

幽灵与变形怪

许多加勒比民间故事都与鬼怪和神秘生物有关，这反映了非洲精神信仰与来世的历史根源。这些故事常常承载着岛屿生活的智慧，传达着劝诫与道德教诲。以下便是我耳熟能详的一些故事，它们在不同的岛屿上以各自的方式流传。有些人坚信这些事情真的发生过，或者至少有一部分是真实的。信不信由你。

拉迪阿布勒斯

（马提尼克岛）

很久很久以前，法国统治着加勒比海的马提尼克岛。那时候，克里奥尔语是人们日常交谈的语言。这是一种被奴役的非洲人所创造的语言，由法语与非洲语充分交互、融合而成。在这个风景如画的岛屿上，火山时常喷发，熔岩肆意流入峡谷，吞没一切。飓风则肆虐村庄，摧毁工厂，拔起树木。然而，令人惊讶的是，比起暴风雨等自然灾害带来的恐惧，村民们心中更害怕的竟是拉迪阿布勒斯。

传言她是个女魔鬼，长着畸形的像蹄子一样的脚，也有人说她是一个独自游荡在公路上的女巫，静静等待着毫无戒心的无辜男子上钩，然后向其施以复仇的咒语。村民们常常相互提醒，要小心村子里的陌生人。

故事发生在一个烈日炎炎的平常日子里，村民们懒洋洋地躺在门廊里乘凉、叹气，百无聊赖地张望。你可以想象一下，一个如此炎热的日子，连空气都变得无精打采，每一次呼吸都像是拖着沉重的步伐，缓慢而费力。两位年轻的男子——卡本拉（Kabenla）和埃库克斯（Ekoux），在糖厂忙活了一个上午，午饭后在寄宿屋的门前闲坐，无所事事地望着远方。挂在枝头的杜果散发出甜甜的香气，点缀在屋子的周围。山羊在小路上悠闲地踱步，啃着树叶和青草。

"卡本拉，你有没有觉得今天特别安静？"埃库克斯轻轻推了推朋友。尽管时值正午，阳光洒在一切生灵上，埃库克斯却感到一丝令人不安的黑暗似乎在悄悄逼近。他环顾四周，感到有些不对劲。村里的房子都关上了窗户，显得格外沉寂。身后的树木如同怪物般屹立，每一根枝条似乎都在诡异地摇曳，传递着一种不祥的气息。

"卡本拉，听见我说话了吗？"埃库克斯再次询问他的朋友。

"别打扰我，埃库克斯，难道看不出我正忙吗？"

埃库克斯顺着卡本拉的目光望去。耀眼的阳光下，一个不知道从哪来的、身材高挑的女人无声无息地走进了村庄。她的步伐与炎热的天气格格不入，修长的手臂前后摆动，带动着身体前进。她身上色彩斑斓的衣衫如死物般僵硬地坠着，显出几分不自然的怪异。她穿着短袖衬衫和一条硬挺垂地的马德拉斯①裙。她轻盈地走过，白色的褶边衬裙隐约可见。她的脸被一顶宽边草帽遮住了一半，肤色黝黑，面容平静，正朝他们走来。

"你瞧，她的身姿多么婀娜。你看得到她的眼睛吗？"卡本拉迷醉地说。的确，她眼眸精致，但那双眼睛并不友善，目光冰冷，宛如深嵌在脸上的黑曜石。她从寄宿屋旁走过，并不停留，只是僵硬地点了点头说："Bonjou mesye.②先生们好。"

"Bonjou madanm. 女士，你好。"卡本拉回应道，迅速起身，跟上她的脚步。"嘿，你看起来真像蜜糖一样甜。"他露出灿烂的笑容，她却没有回应，连看都没看他一眼。

又来了，她暗暗地叹了口气。她早已习惯了男人们不请自来的目光。起初，她有些受宠若惊。在失去家园之后，她曾游走于各个村庄之间，寻找新的栖身之地。男人们会赞美她，邀请她在他们的土地上工作，甚至装作朋友的模样。她曾经天真无邪，但如今，她要报复任何想伤害她的人。她依旧自顾自地往前走，而卡本拉则继续跟她搭讪。

"我从未在这里见过你，Ki kote ou soti? 你是从哪里来的？"卡本拉问道。

"关你什么事？"她冷冷地回应，黑亮的眼睛始终盯着前方。她清楚地知道，卡本拉和那些曾出现过的男人一样，他们的目光穿透衣物，窥视着她深色的裸露肌肤。他们紧紧盯着她的一举一动，在心中想象着她一丝不挂的样子。

"你干吗这么严肃？"卡本拉试探性地问。

"其实我早就死了。"她或许是在开玩笑，或许是想要吓唬他，但不管怎样，卡本拉显然都不在意。

"你要我陪你吗？"他试探性地问她，并挺了挺胸。

她停下脚步，第一次凝视着他。"你可得三思而后行。爬树之前，可要先知道你下不下得来。"她的语调没有敌意，却也不算友好。在宽边草帽的阴影下，卡本拉看到了自己在她黑色双眼中的倒影。那迷人的黑眼睛呀！

"我要去更高的地方，那里的肉桂香气四溢，雨水充沛。"她说话时，声音仿佛穿透了群山。卡本拉意识到她正朝远离村庄的方向走去。如果跟去，他可能赶不及回来干下午的活。他回头望向朋友，埃库克斯朝他摇摇头、摆摆手，示意他快回来。然而，不知为何，一种难以言喻的力量驱使卡本拉跟随着这个女子。他身不由己，竟然没有折回，而是一路尾随她走出了村庄。

他们沿着从巴拉塔延伸的道路前行，路两边是茂密的树林，曲折而蜿蜒。树枝上，鬣蜥懒洋洋地晒着太阳，长鼻子的负鼠在草丛中嗅探。周围已没有其他人，只剩下他们俩，女人迈着稳健的步伐，头也不回地往前走。卡本拉则拼命追赶，努力跟上她的脚步。

汗水从他的额头滴落，白衬衫紧紧贴着胸口。虽然他早已习惯了这种潮湿的闷热天气，但他们似乎已经走了几个小时。他再次试图挑起话头："Kijan ou rele? 你叫什么名字？"

"Fè yon devine. 来，猜一猜。"她微微一笑，脸上的酒窝更深了。

"玛丽？"他猜道。

"不是。"

"伊莎贝尔（Isabelle）？"

"不是。"

"伊莎欧拉（Isaora）？"

"你永远都猜不到。"

"我——放——弃。"卡本拉喘着气，空气稀薄得好像纸张一样。此时，他们已攀升至山的高处，山路愈发陡峭。尽管他已筋疲力尽，但心中仍渴望与她一同往上走，直到永远。女人却走得更快了，五彩斑斓的长裙拖曳在岩石上，丝毫没有疲态。她走在他前面不远处，却始终在他视线之外，卡本拉只能听见她裙摆褶边轻轻拂动的声音。甜美的肉桂香气弥漫在叶间。他的心中涌起一阵眩晕般的兴奋，暗想他们一定快到了。然而，他并未察觉，周围逐渐弥漫的黑暗正悄悄逼近。

那天下午，埃库克斯回到工厂继续干活，对卡本拉的离去感到十分失望。

"我真不敢相信，他竟然为了追逐一个女人而抛下我。"他对着朋友们嘟囔，大家都笑了，打趣说他在嫉妒卡本拉。毕竟，谁能拒绝一位高挑迷人的女子主动搭话呢？他们一直工作到傍晚。

夜幕降临，埃库克斯往家中走去，心想卡本拉一定会编出些离奇的故事。他打赌卡本拉必定会说那女人抱住他，不让他离开。想到这里，他忍不住笑了。卡本拉肯定会吹嘘下午的种种经历，而其余人那时却在辛苦地劳作。

当埃库克斯回到家时，他原以为他会看到卡本拉跷着腿坐在门廊上，喝着啤酒，准备大肆夸耀自己的午后冒险。然而，当他走近楼梯时，却发现门廊空无一人。树木轻轻摇曳，仿佛在低声细语。空气比白天时轻盈多了，先前那种不安感也随之消散。或许卡本拉在房间里躲着吧。

埃库克斯敲了敲卡本拉的房门："嘿，兄弟，你在干什么？你去哪了？"

他等待着回应或是里面传来什么响动，但房间里却一片寂静。他推开门，房间里空空如也。或许，卡本拉正在厨房帮忙准备晚餐吧。

他听见厨房里传来碗碟相碰的声音，还有盖子轻轻落在陶罐上的响声。浓郁的海螺炖汤混合着洋葱和香料，香气扑鼻而来。饥肠辘辘的埃库克斯意识到自己饿了，急忙走进厨房。可当他发现卡本拉依然不见踪影时，他的抱怨变成了担忧。这是一起吃饭的时间，卡本拉绝不会错过的。匆匆吃完晚饭后，他四处打听卡本拉的下落，却发现没人对此感到忧虑。

"他是个大男人，有什么可担心呢？"这是他听到的最多的回答。恐惧悄悄爬上了埃库克斯的心头，他的朋友卡本拉可不是会无缘无故消失这么久的人。他四处询问路过的人们，希望能打听到朋友的去向。

"Bonswa. 晚上好。您见过我的朋友卡本拉吗？他大约有这么高，穿着和我一样的白衬衫。"他边说边比画着，焦急的神情显而易见。

"他和一个高挑优雅的女人在一起。午饭后他跟着她走了。"埃库克斯解释道。周围的人对此并不在意，只有一位下午常常在路边闲坐打发时光的老人摇了摇头，严肃地问："那女人是不是身材高挑，走得很快？"

"是的，她戴着一顶大草帽。您见到他们了吗？"他又问道。

"没有。"老人答道。埃库克斯转身要走。

"我觉得那女人像是拉迪阿布勒斯。"老人咂了咂嘴，依然摇着头。埃库克斯的耐心已然耗尽，正想咒骂这个老人。

"听我说，拉迪阿布勒斯是游荡在山路上的女魔鬼。如果你的朋友跟她走了，你可能再也见不到他了。"埃库克斯曾经听说过这类故事，但他并不相信。这些不过是用来吓唬人、让人对陌生人保持警惕的故事。

"幽灵什么的怎么可能在白天出现！"他大声喊道。

老人再次摇了摇头说："年轻人，别太自信了。有些骇人的幽灵，白天也能悄然出现。"说完，他缓缓离去，留下埃库克斯独自苦苦思索——究竟这些故事是不是真的。

山巅上，阳光早已消失在树梢下，黑暗悄然降临。就在一分钟前，卡本拉还在岩石小径上奋力攀爬，追随陌生女子优美的身影。然而，突然间，他便被无边的黑暗吞没了。

"你在哪里？我看不见你！"他大声呼喊。卡本拉向来不是胆小的人，但他明白，夜晚在山路上乱闯异常危险。周围传来夜间生物渐渐高亢的叫声，仿佛就在他身边。然而，那女子却丝毫没有慢下脚步，依旧坚定地向前走。他不明白，为什么她能在黑暗中如此灵巧地行走，而他却伸手不见五指。他伸出手想要抓住她，身体却失去了平衡。

她在黑暗中微微一笑，觉得有点奇怪，不明白他怎么能跟这么久。往日里，她总是耐心等待，直到猎物们彻底迷失理智，沉醉于欲望中，向她扑来，他们的眼神会吐露一切。但今天，她不想再等，而是主动出击。

"Swiv vwa mwen! 随着我的歌声来吧！"她大声呼喊。

在黑暗中，他听见她的咏唱。那字句从她腹中传来，仿佛从喉咙中撕裂而出。尽管他无法理解那些话，却能感受到它们所蕴含的力量。她的声音如雷霆般震动着夜空：

"Akwaaba（欢迎）

Akwaaba

Me din de（我的名字是）

Ɔbonsam（恶魔）

Akwaaba

Akwaaba

Me din de

Ɔbonsam!"③

随着她的吟唱，狂风怒号，席卷四周，黑暗如同恶兽般啃咬卡本拉的身体。

"你害怕吗？"她的声音带着嘲弄，寒意沿着他的脊背蔓延。那一瞬间，卡本拉突然感到魅惑仿佛被打破了，她不再迷人，而是变成了恐惧的化身。

"握住我的手。"她伸出手来，触碰到他。她的手如石块般冰冷。

"Vini! 来吧！"她命令道。卡本拉心中满是不甘，却还是下意识地跟随她。这时，她转过身来，瞥了他一眼。月光照亮了她的半边脸庞，他因而得以看到她脸上凄惨的神情。五官歪曲变形，眼中闪烁着地狱般的怒火，嘴唇微微扭曲，如猛虎盯上猎物。卡本拉尖声叫喊着向后退去，试图远离她，不料却靠近了悬崖边缘。土壤松软滑溜，他又试图向前扑去，却失去了重心，迅速从悬崖边跌落。

卡本拉的身体重重撞击在两千英尺下的岩石上，嘴里发出一声空洞的呼喊。唯有拉迪阿布勒斯听见了那声惨叫。在月光照耀下，你可以看到她印刻在泥土中的蹄印，正缓缓远去。

变形猪

（特立尼达岛）

从前，在风景如画的特立尼达岛的一个小村庄里，住着一位年轻女孩。特立尼达岛是加勒比海南部弧线上漂浮着的最后一座岛屿。女孩的名字叫克拉拉（Clara），她拒绝嫁给任何前来求婚的当地男孩，因而成为众人议论的对象，被人指指点点。她和父母、祖母一起住在一处农舍里。你要知道，克拉拉不仅容貌出众——乌黑的波浪长发与砖红色的光滑肌肤相互映衬，而且聪慧异常。她继承了母亲和外祖母的聪明才智，明亮而深邃的眼眸中仿佛蕴藏着几代人的智慧。她可不想匆匆忙忙、随便嫁人。在那个时代，要征得父亲的同意才能娶他的女儿，因此，求婚者们常常试图碰碰运气，心中想着："也许今天我能打动克拉拉的心。"

于是，他们穿上最体面的礼服，鞋子上抹上凡士林，衬衫洗得干干净净，头发剪成短短的非洲卷。然后大步走过克拉拉父亲的土地，大胆地来到通往克拉拉家阳台的木楼梯，慢慢爬上去，同时心里默念求爱的话语。

第一步："你好，克拉拉，今天你看起来可真美。"

第二步："这是我特意为你摘的酸甜的罗望子。"

第三步："你愿意和我一起坐在阳台上吗？"

然而，通常他们走到第四步时，克拉拉就已做出决定。她从楼上的窗户望出去，心中默想：

他太瘦弱了。

他脸皮太厚了。

他眼睛有些歪。

可以想象，这样的情形在村子里引起了怎样的反响。村民们议论纷纷，指指点点。在市场上买咸鱼时，母亲们低声私语："瞧瞧克拉拉鼻孔朝天的得意劲儿。"在周日的教堂里，聆听牧师讲道时，母亲们窃窃私语："你看看她！竟然拒绝了我儿子罗伯特。"在狂欢节上喝刺果番荔枝饮料时，母亲们低声嘟囔："那是克拉拉吗？她有什么资格来这里。"

就这样，日子一天天过去。直到有一天，一位名叫克莱顿（Clayton）的高大、黝黑、英俊的陌生人随加勒比海的微风飘然而至，走进了村庄。他身上的衣裤颜色是深浅交替的海洋蓝，头上的草帽闪耀着阳光般的色彩。他的甜言蜜语仿佛带着魔力，迷倒了所有人，包括克拉拉。

克莱顿走上了克拉拉家门前的台阶，周日他与克拉拉一家共进午餐。午餐后，他们坐在阳台上舒适的椅子里，彼此仅隔几英寸，伴随着青蛙和蟋蟀的合唱，一起前后摇晃。克莱顿深情地凝视着克拉拉的眼睛。

"哦，克拉拉，没有你的光辉，今晚的星空必定黯淡无光。"哦，是的，他真的这么说过。他唱着卡利普索④歌取悦她，歌声中带来四面八方的消息。每天，他都会带着大包小包的食物来到克拉拉家，大声唱道：

"我有甘薯，还有木薯，

黄蕉对你也有好处。

来吧来吧，咱们一起吃吧。"

他的歌声在田野间回荡，他的怀里装满了甘薯、山药、木薯和黄蕉。克拉拉的家人都喜欢他，克拉拉也喜欢他。没过多久，他便对克拉拉的父亲说："我能娶您的女儿吗？"虽然有些出乎意料，但她的父亲满意，母亲满意，甚至祖母也不反对这桩婚事。本地的小伙子们却怒火中烧，他们因为这耀眼的陌生人受尽冷落。克莱顿以甜美的歌声和美味的食物俘获了所有女孩和长辈的心。大家又开始议论纷纷，指指点点。

"他是从哪里冒出来的？他又是从哪里弄来那么多食物的？"这些问题也困扰着克拉拉。她注意到，每当太阳快要落山时，克莱顿总会急匆匆离开她身边。如果你去过加勒比，就会知道，那里的太阳从不缓慢下沉，而是骤然降落，接着，浓重的黑暗快速降临。克莱顿会轻吻她的脸颊，披上西装外套，匆匆走出她家。他会赶在萤火虫点亮草地之前，走入森林深处，穿过可可田和香甜的杧果林，来到一片被木棉树环绕的空地。木棉树的树干高且纤细宛如巨大的豆茎，传说它们是灵魂和秘密的守护者。在那片空地上，远离了窥探的目光和闲言碎语，克莱顿开始吟唱：

"沙灵（Sha-ling），我的名字是克莱顿。

沙灵，我为了克拉拉而来。"

木棉（SILK COTTON）⑤

他边唱边跳，狂乱地挥舞手臂，每唱一句，就脱去一件衣服。

"沙灵。"

他脱下外套。

"我的名字是克莱顿。"

他撕下了衬衫。

"沙灵。"

他踢掉了鞋子。

"我为了克拉拉而来。"

他脱下了裤子。

他趴在地上，裸露的身体开始变形。腿变得短小，末端长出了蹄子。鼻子变长，皮肤变得厚而粗糙，长出又黑又粗的鬃毛。克莱顿变成了一头打着响鼻、哼哼唧唧的野猪。随着他的吟唱，甘薯和山药从土里冒了出来。他冲入灌木丛中，挖着甘薯和山药。在太阳升起之前，克莱顿又低声咆哮着唱道：

"沙灵，我的名字是克莱顿。

沙灵，我为了克拉拉而来。"

他的身体开始变回人形，长长的嘴缩成了鼻子，浓密的鬃毛不见了，短小的蹄子又变成了修长、匀称的双腿。他穿上衣服，匆匆走出森林，带着从地里挖出来的一大捧食物，返回村庄。

想象下那情景，是何等奇观呀！然而却没有人亲眼见过。克拉拉开始对这位英俊的陌生青年产生了些许疑虑：这个在黄昏降临时总是消失的男人，他去了哪里？难道他还有别的女朋友？如果是你，你会怎么想？你又会怎么做？克拉拉决定亲自跟踪克莱顿，弄清真相。

一天晚上，一家人共享了一顿美味的咖喱鸭和罗蒂饼⑥。然后，克拉拉便站在家门口，望着克莱顿匆匆走向暮色之中。那是一天中既不属于黑暗，也不属于光明的时刻。她悄悄地走下木楼梯，跑过可可田，跟着克莱顿悄无声息地进入森林。当他进入那片被木棉树包围的空地时，她藏身在灌木丛中，静静地观察和等待。突然，克莱顿的声音在树叶的顶端回荡，穿透了寂静：

"沙灵，我的名字是克莱顿，

沙灵，我为了克拉拉而来。"

克拉拉看到他挥舞四肢，疯狂跳舞。接着又看到他一件一件脱去衣物，身体开始变化。转眼间，他变成了一只咆哮的野猪，四肢变成了短短的蹄子，长长的鼻子猛地伸了出来。她的眼睛瞪得大大的，心头涌上一股强烈的恐惧。随着大地震动，土壤中纷纷冒出甘薯、山药等根茎类食物。此时，克拉拉的双腿也随之开始颤抖，几乎要跌倒在地。克拉拉急忙回到家，把自己所见的一切告诉了父亲，父亲听后面露怀疑之色。要是你听到女儿说未来女婿其实是一只会变形的野猪，你也不会相信的吧？

"克拉拉，你胡说八道些什么？"父亲坐在阳台的摇椅上来回摇晃，手里拿着烟斗，烟雾在星空下缭绕。"现在再计较，为时已晚。你们的婚礼定在两天后，就这样吧。"

克拉拉的命运已经注定。她的父亲喜欢克莱顿，喜欢他带来的美食和他悦耳的歌声。

祖母和母亲坐在厨房里浸泡豆子，她们默默地听着克拉拉的讲述。

"祖母，我该怎么办？父亲不肯赶走他。"

祖母柔和的棕色面庞上布满了岁月的痕迹，她贴近孙女的耳边，轻声说道："克拉拉，每头猪都有被送上市集的那一天。"

母亲叹了口气说："我们得亲自动手了。"在母亲和祖母的帮助下，克拉拉准备了一块长长的黑布，上面绑满了各种动物的零碎，鸡爪、猪尾、牛蹄和鱼头，随意地挂在那里。等克莱顿如往日一样离开后，她们便悄悄跟随，借着夜色的掩护进入了森林。过了不久，克莱顿果然开始疯狂挥舞双臂，大声吟诵咒语。他脱去衣服，声音又一次划破夜空：

"沙灵沙灵，我叫克莱顿，

沙灵沙灵，我来找克拉拉。"

就在他的人形即将消失时，克莱顿突然看见远处有一团光亮，橙黄的火焰在树影中忽隐忽现。他被吸引住了，缓缓走向那团火焰。穿过木棉树后，他看到了一只巨兽在火堆前狂舞。巨兽矗立在那儿，至少有两人之高。他巨大的身躯上缠满了牛蹄、鸡爪、鱼头，六条手臂高举，将长矛重重地插入地面：

"沙灵沙灵，我叫克拉拉，

沙灵沙灵，我来取克莱顿的首级。

沙灵沙灵，我叫克拉拉，

沙灵沙灵，我来割克莱顿的蹄子。"

克莱顿不敢再听，转身就跑，连衣服都来不及拾起。他飞快地冲出森林，离开了村庄。克拉拉扯下披挂着动物器官的黑斗篷，扔下长矛状的野生芦秆，从母亲的肩上顺势爬下，而母亲也从祖母的肩上爬了下来。

三个女人围坐在火堆旁，笑着庆祝她们成功地赶走了变形野猪。

老希格

（特立尼达岛）

让我给你们讲个故事吧！这个故事发生在许多年前的特立尼达岛上，在一个叫托科的小村庄里。这个村庄位于岛屿最北端，正好处于大西洋与加勒比海交汇的地方。那时，这个村庄与岛上其他地方没有任何通道，只有乘船才能抵达。托科村远离尘嚣，隐匿在群山之间，安静而偏远，仿佛任何事情都可能发生，几乎一切奇怪的事都在这里发生过。

在这个四面都被可可树和咖啡树环绕的村庄里，住着一位年迈的妇人。她的名字叫玛·库（Ma Coo）。她住在村庄边缘，远离人群，除非有人需要帮助，否则没人会来打扰她。你知道吗？玛·库是村子里有名的奥比⑦女巫。奥比是被奴役的非洲人秘密传承下来的巫术。这些人被剥夺了语言和宗教，甚至被禁止用鼓声来交流与沟通。然而，他们却被允许在颈上佩戴装满草药的护身符，还被允许调配药水治疗疾病。就这样，奥比巫术得以在岛屿上延续。

玛·库精通这些古老的巫术。她活得太久了，没有人知道她何时来的村里。她那长长的波浪卷发因为岁月已变得雪白，但她那黝黑的皮肤光滑如昔，仿佛时光未曾在她身上留下痕迹。村里的人遇到难题时，便会去求助玛·库。无论是为了祈求丰收，还是为了多拿些工钱，又或是怀疑其他男人睡了自己的妻子，甚至还有人期望暗恋对象会爱上自己。

玛·库收费施咒，满足所有人的愿望。但她有一个规矩："别惹我，我也不会为难你。"

通常，村民们对施咒的结果都十分满意，可有个名叫赛勒斯·埃文斯（Cyrus Evans）的男人却心生不满。他是咖啡种植园的老板，生意不错。一天，他前来拜访玛·库，求她施展一个繁荣与丰收的咒语。

"我想成为全国最大的咖啡供应商，"他在某个夜晚与玛·库见面时低声说，"我想让所有人都知道我的名字。"她递给他一小袋用香灰做成的黑盐。

"把黑盐撒在你的办公室周围。"她建议道。太阳落山、夜幕降临时，玛·库开始施法。她在厨房四周点燃蜡烛，将肉桂树皮与苦味的草药捣碎，研磨在一起，低声喃喃地念起咒语。她的双手在微弱的烛火中舞动，身体随着咒语的节奏摇摆，直到施咒完成。

谁又能知道赛勒斯·埃文斯究竟盼着什么好事呢？但他最终断定，玛·库不过是个冒牌货。他拒绝支付施咒的费用，不仅如此，还开始在邻里间说她的坏话。恶毒的流言在托科村里传开，玛·库也随之名声扫地。她被村民们称为耍弄"诡计"的"冒牌货"。很快，五个曾向她求助的人也拒绝支付费用。

或许你们中有人已经察觉到，与女巫签订秘密契约，保密至关重要。女巫了解你内心深处的恐惧与隐秘的弱点，而你也知道她们的能力。可是，玛·库不仅被人在背后议论，还被人当面嘲笑与奚落。或许是赛勒斯·埃文斯的怂恿激起了他们的胆量，又或许是他们忘记了玛·库唯一的规矩。你还记得吗？"别惹我，我也不会为难你。"

既然这条规矩已被破坏，玛·库的复仇就只是时间问题。如今，村里的人还记得当时发生的一切。尽管他们当时尚且年幼，但那令人毛骨悚然的记忆已深深烙印在心底，无法抹去。

可可（CACAO）

那一夜，可怕的阴影笼罩了整个村庄，死亡如同利爪，无情地撕裂了一切。月亮高悬，一片静谧，赛勒斯已安然入睡，卧室的窗户微微留有一条缝隙。他沉沉入梦，未曾看到一团火焰正悄无声息地横扫田野，穿梭在纤细的可可树间，那些可可豆荚像猩红的叶子般低垂。他也未曾察觉那团火焰飞速掠过罗望子树，悄无声息地穿入开着的窗户，化作一位老妇人。她用狰狞的目光盯着赛勒斯，猛地咬住他的脖颈，吸干了他体内的血液。接下来的几天，村中又发生了五起离奇的死亡事件，死者体内的血液被尽数吸干。第二天早晨，尸体被发现时，肉体干瘪、骨架凸显，每具尸体的颈部都留下了两道明显的咬痕。

一次意外死亡可能会引起人们的好奇，但六次暴力死亡必然引发巨大的怀疑与恐慌，村民们纷纷把目光投向老玛·库。

"我知道是她干的，那女人十分邪门。"

"她肯定用了奥比巫术。"

白天在鱼市上，夜晚在门廊上，这些话悄然传开。村民们并未忽视，那些死去的人都是最常在背后说玛·库坏话的人。赛勒斯的妻子忧心忡忡，担心会有更多的人死去，便去拜访村中的长者——维尔基（Wilkie）老人，寻求建议。她看到老人坐在门廊的摇椅上，来回摇晃。村中发生的事情，他都了如指掌。她把赛勒斯拒付玛·库报酬一事告诉了老人，老人静静地聆听着。

"我看见一团火球从我家上空升起，"老维尔基面色严肃地说，"我已很久没见过这样的东西了。"

"这意味着什么？"她问道。老维尔基低声解释道："村里有个'老希格'，也有人称她为'苏库扬'。这是一种会变形的妖怪，夜晚她会褪下皮肤，化作一团火焰，四处寻找猎物。"赛勒斯的妻子虽然听说过这些恐怖的故事，但从没相信过这种事真的会发生。

老维尔基说："你们需要准备白色粉笔、胡椒和一堆大米，用来保护自己并打败她。"说着，招手示意她靠近，低声传授捕捉老希格的方法。

赛勒斯的妻子鼓起勇气，将老维尔基的建议告诉了几位朋友。于是，他们一同关上窗户，锁住村里的每一道门。然后，他们在四条小路交汇处，通往玛·库家的小道上，堆起了一堆米粒。等到夜幕降临，虫子轻声鸣叫时，他们悄悄潜入玛·库家边上的灌木丛中，耐心等候。

夜深人静，幽灵四处游荡，变形者在黑暗中徘徊，玛·库再次化身为老希格。她缓缓剥下自己的皮肤，小心翼翼地塞进床下的葫芦中，以便回来时能再穿上。她那无肉的身躯，则变成一团熊熊燃烧的火球，穿出敞开的窗户，向着漫漫夜色飞去。

然而，她发现邻居们的窗户都紧紧关着，门也锁得严严实实。每栋屋子的周围，都画着一圈白色的粉笔线，严密防护。老希格只能向村中心飞去，她来到四条小路交汇的地方，却发现了那堆放在路上的米粒。古老的诅咒使她别无选择，她只能停下脚步，捡起米粒，开始慢慢地数起来。

与此同时，赛勒斯的妻子和朋友们闯进了玛·库的家，四处寻找她的皮肤。她们最终在玛·库床下的葫芦里找到了她的皮肤。

"这证明她的的确确是个老希格。"她们一致同意，并按照老维尔基的建议，在她的皮肤上撒满了胡椒粉。

"即便她能在太阳升起、被蒸发之前赶回，也没办法穿回她的皮肤了。"她们继续说着。事实上，她们完全不必担心，因为东方的太阳已高高升起，阳光炙热而强烈地照射在老希格身上，可她还在数米粒。她发出痛苦的尖叫声，她的形体被太阳的光芒熔化，最终化作一堆灰烬，散落在那条小路的地面上。

至今，在托科村，没人敢走在四条小路交汇的地方，人们生怕再次唤醒老希格的灵魂，招来不祥之事。

闪闪发光的未必都是金子

（圭亚那）

不久之前，有一位名叫莱昂内尔（Lionel）的男子，他一心想要寻找"唯一的真命天女"，希望与她共享一生一世的时光与财富。莱昂内尔肤色黝黑，身形高大，肩膀宽阔，宛如莫拉树，似乎能触及天际。为了寻找命定的伴侣，他踏遍了无数村庄、城镇与国家，甚至跨越了整个大陆。他见识过无数奇迹，收集了诸多精美的衣物与珍贵的宝物。

他的寻找之路将他带到了圭亚那的北端，那里有大片茂密的雨林和深不见底的金矿。他乘船横渡了酒红色的埃塞奎博河，最终抵达了埃塞奎博群岛的西德梅拉拉。[8]

在这里，他偶然闯入了一个名为"自由与安逸"的小村庄。至今无人知晓这个名字背后的缘由。我倾向于认为，或许是因为那里的村民生活悠闲、待人热情，才有了这样的名字吧。这个村庄远离大陆，步行很久才能到达。烈日下，莱昂内尔将蓝色丝质西装外套搭在肩头，解开了几粒洁白衬衫的扣子，两手各提着一只来自马拉喀什的皮箱，沿着土路轻松走来。村民们慢慢走过，牛群里的牛懒洋洋地抬头，瞪大眼睛打量着这个陌生的外来者。像所有的小村庄一样，莱昂内尔到来的消息很快便传遍了整

个村庄，消息随海风轻轻飘来，伴随着淡淡的青柠与新鲜椰子的
气息。

"你看见那个高大的黑皮肤男人了吗？你瞧见他手上的金手
镯了吗？还有那两只昂贵的皮箱？"

莱昂内尔悠闲地在杜鲁姆路上溜达，笑着跟卖刨冰的女人们
打招呼，也向聚在朗姆酒馆外聊天的男人们点头示意。男人们手
中端着班克斯啤酒，正悠闲地打发时间。不久，他来到一座木屋
前。这座屋子由粗大的木桩高高架起，是村里唯一的旅舍。屋外
涂着艳丽的蓝色，门廊上挂着一块招牌，上面写着"阿兰娜之
家"。屋内传来悠扬的歌声。

"晚餐快要做好，做好，做好，
有甘薯配卡利亚洛，⑨
还有炸鱼和奥克罗，
晚餐快要做好，做好，做好。"

不知是动人的歌声，还是炸鱼与香料的香气勾住了他的心，
莱昂内尔不由自主地踏上台阶，走进了屋内。他顺着歌声走去，

直至厨房，阿兰娜正在那里忙碌。她浓密的黑发仿佛为她披上了一圈光环，她的双手在炉灶旁灵巧地翻搅着锅中的食物，臀部随之轻盈地左右摆动。阿兰娜抬起头，与莱昂内尔目光交汇，被他的凝视迷住了。

"什么风把你吹到这里来了？"她的声音如同天籁，温柔地沁入他的耳畔。她微笑着，一拍不落地继续唱着那首歌，整个世界仿佛都在歌声中起舞。

从那一刻起，他们便成了形影不离的伴侣。第二天，阿兰娜带着莱昂内尔参观了整个村庄。

"这是我表弟莱斯特（Leicester）经营的朗姆酒馆。那是邮局，每个月都会收到大陆寄来的邮件。这是木薯农场。"她说话时，脸上洋溢着光彩，犹如晨曦初照。村民们摇着头，低声私语："她对这个陌生男人真是格外热情。"

木薯（CASSAVA）

第二天晚上，莱昂内尔开始讲述他的旅行故事。他真是个出色的讲故事大师呀！

"让我告诉你，我曾赶走了拉卡胡（Lagahoo）。你们或许不知道，拉卡胡就是传说中的狼人。"邻居们围坐在他身边，像往常的每晚一样，在明亮的月光下，分享着各自的故事。

"靠近些，让我告诉你我的朋友是如何死于拉迪阿布勒斯之手的。你们或许不知道，拉迪阿布勒斯就是传说中的'女魔鬼'。"

就这样，日复一日，夜复一夜，阿兰娜为他做饭、为他唱歌，而莱昂内尔则用他动人的故事迷住了她。很快，他求婚了，她欣然答应。然而，她的家人并不赞成这桩婚事。

"你了解他吗？"她的父亲问道。

"他只会显摆自己。"她的兄弟说道。

"给本地的男孩们一个机会吧。"她的姐妹说道。

"闪闪发光的未必都是金子。"她的母亲叹道。

回想下，你在年轻时，热烈而疯狂地坠入了爱河，你会听从家人的劝告吗？他们在村庄教堂的庭院里、猩红的火焰树下举行了婚礼。接着，他们便毫不犹豫地跨越加勒比海，启程前往莱昂内尔的故乡。

当他们到达特立尼达岛时，莱昂内尔解释道："我得归还一样从朋友那里借来的东西。"于是他归还了那两只来自马拉喀什的精美皮箱。阿兰娜并未多想，两人继续航行。经过格林纳达（Grenada）时，莱昂内尔又说了同样的话："我得归还一样从朋友那里借来的东西。"他归还了那件来自泰国曼谷索坤逸路的精致蓝色丝绸西装。阿兰娜心中暗想：真可惜呀，他穿那件西装看起来帅气迷人。

当他们在圣文森特停留时，阿兰娜惊叹于那里洁白的沙滩和高耸的椰子树。两人共进了丰盛晚餐，吃上了南瓜汤、面包果和传说中的炸杰克鱼⑩。在这段蜜月般的甜蜜时光中，莱昂内尔遇到了一个朋友，并将那只金光闪闪的金手镯还给了对方。

阿兰娜此时心生疑虑，忍不住问道："你有什么东西是属于自己的吗？"

但这一切还在继续，每到一个岛屿，莱昂内尔都会将一些东西归还给"朋友"。当他们抵达巴巴多斯（Barbados）这片一天便能环游的乐土时，他们品尝了飞鱼⑪。接着，莱昂内尔归还了那件崭新的白衬衫。

在圣卢西亚（Saint Lucia），他归还了金牙。

在多米尼克（Dominica），他归还了金表和金链。

在蒙特塞拉特岛，这处因剧烈火山活动而闻名的加勒比"庞贝"，他归还了金婚戒。

在安提瓜岛（Antigua），他归还了假发。

在波多黎各岛（Puerto Rico），他归还了双腿。

在海地（Haiti），他归还了自己的双眼。

恐惧如黑夜中的蜘蛛一般，爬上了阿兰娜的脸庞。

"哦，天哪，"她喊道，"我嫁给了一个幽灵！"没错，莱昂内尔正是一个恶魔魂灵！最终，他显露出真实面目。阿兰娜孤独地站在加勒比海与北大西洋之间的伊斯帕尼奥拉岛上，母亲曾经说过的话再次在她耳边回响："闪闪发光的未必都是金子。"

水之母德洛的诅咒

（特立尼达岛）

在热带群岛上，人人都知道水族人生活在浑浊的河流和幽暗的溪涧之间。他们守护着鱼群和流水，看着流水穿过茂密的森林，沿着长满树蕨的陡峭山坡蜿蜒而下。这些水中生物，无论是仙女还是人鱼，他们的命运和神通都与森林中的万物紧密相连，无法分割。谁若污染清流，猎杀或伤害生灵，便会落入水之母德洛（Mama D'leau）的手中，任其发落。以下，便是一位凡人付出代价后，所得到的深刻教训。

在特立尼达岛，来自玛尤村的托马斯（Tomas）年仅二十，却野心勃勃。年幼时，他就听说过关于岛上人鱼和水族的种种传说，尤其是水之母德洛的故事。德洛是河流的守护神，身体的一半是女人，另一半则是海蛇，岛民们坚信她会严惩任何污染水流或捕杀鱼类的人。

相传，水之母德洛是森林之父博伊斯（Papa Bois）的伴侣。博伊斯头生羊角、足为羊蹄，是守护森林及其中万物的神灵。他们共同主宰着介于人界与神灵界之间的所有生灵，那里是精怪与魔法共存的神奇领域。

然而，尽管这些源自神话的传说代代相传，并在岛上广泛流传，托马斯却对此嗤之以鼻，不屑一顾。他一心只想捕捞河中鱼虾、猎取林中动物，妄图借此积聚财富。因为有人愿意重金收购这些猎物。

"我很快就会发大财！"托马斯常常对一起在河边闲逛的伙伴们说，"河里有的是鱼，森林里也有大量的鹿。"他放眼望去，只见翠鸟成群、野鸭纷飞。水面上泛起阵阵涟漪，预示着水下有密集游动的鱼群。他在心中默默盘算，如何才能多多捕获猎物，拿去村里售卖。

托马斯的父亲和祖父都是渔民，常常在深夜驾船出海，带回满船的鱼，也常常带回海中神秘生物的奇异传闻。他们告诉托马斯，他的野心不过是鲁莽和无知的表现。他们竭力劝告他："渔民们之所以离开陆地，去海上捕鱼，是因为河流受到水之母德洛的庇护。"一天晚上，祖父坐在自家门廊上，抿着朗姆酒，靠近托马斯，低声说道："孩子，贪得无厌，最终只会一无所获。"

然而，托马斯是新一代年轻人，棱角分明的下巴透出勇气与固执。他不以为然地回答："爷爷，我可不信那些过时的蠢话。我是有远见的人，能主宰自己的命运。"

那晚，月光洒落在河面上，闪动着柔和的光辉。托马斯悄悄来到河边，将渔网放入河中。他涉水而入，小心翼翼地将装满诱饵的渔网放下，并将连接的绳索牢牢系在岸边一块巨石上。没人发现他的踪影。第二天清晨，收网之时，看到网中满是银光闪烁的鱼儿扭动挣扎，他欢欣雀跃。

接着，托马斯带着捕来的鱼到集市上贩卖。这些鱼的鳞片色彩斑斓，宛如彩虹，有蓝鱼、黄尾鲷、罗非鱼，品种繁多，应有尽有，令人惊叹。消息迅速传开，他的名声传遍了四方。

黄尾鲷（YELLOWTAIL SNAPPER）

罗非鱼（TILAPIA）

"雅各布斯（Jacobs）太太，您是从哪买来的这些鱼？真是又大又肥。"弗洛里（Flori）姨妈在邻居家吃完油炸鱼，边舔手指边赞叹道。

"哎哟，弗洛里姨妈，谢谢了。"雅各布斯太太大声说道，"我可是特意到玛尤村集市找渔夫托马斯买的。他的鱼得有你一条胳膊那么长呢！"说着，她夸张地展开双臂。

于是，周围村庄的人们纷纷赶来，找托马斯买鱼。托马斯则在夜深人静时继续在河中放下渔网，以为无人知晓。然而，有人却悄悄注视着他的一举一动。

河水下，水之母德洛静静地等待着时机。她端坐在水下王国中，周围是闪耀的珊瑚宫殿与摇曳的海草。数位水中仙女环绕在金色宝座旁，随时准备听从号令。复仇的怒火在她眼中燃烧，她猛然甩动长长的湛蓝色蛇尾，宛如马鞭击打地面般发出清脆响声。她命一位仙女带去诅咒，警告托马斯：

"仙女呀，去告诉那贪心的人，莫要扰我河流安宁。大海广阔鱼成群，汪洋之中何须争。

若他胆敢再靠近我之河滨，

定让他万鞭加身永世不停，

从此生不如死，悔不当初！"

就在那晚，托马斯再次来到河边捕鱼，眼前竟隐约出现一位女子的身影。她倚坐在岩石上，背对着他，手中握着一把金色的梳子，正缓缓梳理乌黑、浓密的长发。梳子上镶嵌着璀璨的宝石，在黑暗中闪烁着迷人的光芒。他看不清她的面容，却清晰地看到，她的身形从腰部起宛如流水般蜿蜒，化作一条巨大的鱼尾。

托马斯简直不敢相信自己的眼睛，家族世代相传的传说竟然变成了现实——眼前正是一位手握无价珍宝的仙女。他心中涌起一阵狂喜，飞速想着如何捕获她，以换取无尽的财富。他蹑手蹑脚地靠近，伸出长长的鱼钩，准备钩住她的发丝，把她抓住。

"站住！玛尤村的托马斯。"仙女的声音如利刃般穿透夜空，顿时让托马斯停住脚步。她转过身来，目光锐利。

"我奉水之母德洛之命而来，她是守护河流和水中生灵的神。"随后，她冷冷地念完诅咒，准备重新跃入河水中。

然而，托马斯对水之母德洛的威胁毫不在意。他的眼中只有仙女，他必须得到她。他猛地挥出鱼钩，钩住了仙女的发丝，他一边将仙女的长发牢牢缠绕在钩上，一边步步逼近。此时，仙女突然变身，化为一只黑猫，嘶嘶咆哮，伸出利爪，向托马斯的肩膀扑去。托马斯一把抓住黑猫，想要将它塞入袋里。然而黑猫忽然再度变形，化作一股涓涓细流，快速从他眼前滑落，瞬间消失在河水中。

未能捕获仙女，托马斯十分恼火。接下来的几天里，他一心盘算着如何设置陷阱，抓住神秘的仙女。

"或许我可以将一个笼子放入河中，她会自己游进去吗？"托马斯心中盘算着，"或者我在树上挂张网，等她坐在树下岩石上时，便将网放下。"他沉迷于新的目标，完全没有关注其他事。因此，他并没有察觉到村里正在发生的怪事。村民们相继染病。男人、女人和孩子们一个个躺在床上，饱受高热煎熬。没过多久，邻村的人们也纷纷染病，症状都差不多。他们吃了鱼肉之后，便感到肠胃不适，将吃下去的食物呕吐了出来。接下来的几天里，他们在高烧中辗转反侧，寒热交替，痛苦不堪。

瘟疫席卷了整个岛屿，随着海风的方向蔓延扩散。商铺和学校大门紧闭，公园空无一人。市场没有了村民的讨价还价声，显得死气沉沉。只有渔夫们没有染上病，他们坐在摊位的伞下，躲避炽热的阳光。每天集市收摊时，总有一大批鱼滞销。没有人再敢买鱼吃，渔夫们的生意一落千丈。一个傍晚，渔夫们聚集在海堤旁，商讨对策。潮水缓缓涌上沙滩，带着咸咸的海风与轻柔的浪花拍岸声，与他们恐惧的低语声交织在一起。

"我们该怎么办？所有吃了鱼的人都病倒了。"

"可我们没事，不可能是鱼的问题。"

"渔夫们遭了诅咒啊！"一位年迈的老者开口道，他经历过无数奇异的事情。

"我们怎么会被诅咒？我们到底惹怒了谁？"渔夫们喊道。

但多数人背过身，懒得理睬老人。

"我孙子托马斯一直在河里捕鱼，几乎捕尽了河里的生灵。"这句话顿时吸引了渔夫们的注意。他们纷纷回想起水之母德洛的诅咒。于是，男人们围住了托马斯，大声指责他给所有人引来了灾祸。托马斯却挥挥手，满脸不屑。

"为了大家的安全，你必须停止在河里捕鱼。"他的祖父低声劝告。然而，这次集会并没有得出任何令人满意的结果。托马斯愤然离开，心中却仍充满了捉住仙女的执念。

第二天清晨，太阳还未升起，红吼猴在树丛间吼叫。托马斯早早驾船出发了，海面十分平静，黑黢黢的浑浊海水包围着他的小船。船上只有一盏微弱的吊灯在黑夜中摇曳，照亮着前行的路。托马斯朝一处隐秘的小潟湖划去，心中隐约有种预感，或许岩石之上隐藏着某个不为人知的身影。果然，他的直觉没有错，那个仙女正从瀑布的岩洞中滑行而出。

托马斯心中一阵狂喜，急忙拿起一根早已准备好的长棍，末端绑着锋利的金属尖刺，制成了简易鱼叉。他站起身来，将鱼叉瞄准仙女心口，用力掷出，刺穿了她赤裸的胸膛。四周一片死寂，随后传来骨骼破裂的脆响声，仿佛她的身体在重击之下彻底崩裂。

突然，周围的海水开始旋转，托马斯失去了平衡。平静的水面怒吼了起来，远处卷起一道道白浪，迅速向他逼近。船身开始剧烈地左右摇晃，托马斯只能紧紧抓住船桅。接着，他看见了水之母德洛，她从深海中浮现，踏着巨浪向他冲来。她长长的黑色发辫如同恶蛇，在头顶张牙舞爪。托马斯闭上眼睛，听到"啪"的一声震耳欲聋的鞭响，那是水之母德洛长长的蛇尾猛烈抽打海面发出的声音。

"托马斯，你不听劝告，如今你将为此付出代价！"水之母德洛的声音在海浪的轰鸣声中响彻天地，提醒他当初无视警告，如今终究要自食苦果。她高高举起自己沉重的蛇尾，狠狠地抽向他的小船，船身应声而裂，分成两半。

托马斯跌入水中，拼命踢动双腿，奋力挣扎，想要浮出水面。他紧紧抓住一块漂浮的木板，身体在波涛中翻滚。海浪从四面八方涌来，狂暴地冲击着他。咸涩的海水灌入他的眼睛与肺腑，像毒液一样，带来阵阵刺痛。水之母德洛将沉重的蛇尾缠绕在他身上，用力一甩，将他的身体撕裂成无数小碎片，抛向岛屿的四面八方。

"既然你已不再是原来的模样，那就永远保持如今的模样吧！"她嘶吼道，随即带着仙女毫无生气的尸体，缓缓沉入水下王国的深处。

据说，就在那天，岛上的诅咒被解除了。那些吃了鱼而染病的村民们逐渐康复，也恢复了对渔夫和他们捕获的鱼的信任。

然而，托马斯的船却再没被找到，他的身影也彻底消失在了人们的视野中。有人说他在远方找到了名声和财富，而他的祖父却坚信，水之母德洛因他污染河流、伤害生灵而向他索取了应有的代价。

脚踩钢针，钢针弯；故事到此，话已完。⑫

注　释

① 马德拉斯，金奈的旧称，印度东南岸大港市，泰米尔纳德邦首府。参考链接：https://www.cihai.com.cn/detail?docId=5412432&docLibId=72&q=%E9%87%91%E5%A5%88。

② 原著如此，本译著为更好地呈现原著的语言特色，对英文外的其他语言予以保留，同类情况不再说明。

③ 拉迪阿布勒斯吟唱的歌词使用了西非加纳境内阿坎人使用的特威语。

④ 卡利普索，亦称"即兴讽刺歌"，一种流行于加勒比地区的民间歌曲，为非洲和西印度群岛的音乐风格的融合体。歌者通常根据曲调即兴编词，内容多涉及社会时政和日常生活，曲调结构多为8句后加叠句，节奏以切分为特色，以弦乐和民间打击乐为伴奏乐器。参考链接：https://www.cihai.com.cn/detail?docId=8492327&docLibId=72&q=%E5%8D%A1%E5%88%A9%E6%99%AE%E7%B4%A2。

⑤ 原著中，有的插图无图题，本书依从原著，同时对原著图题不准确处进行了修订，对于无对应中译文的表述，本书采用音译，如第53页。

⑥ 罗蒂饼，一种扁平的饼，饼内夹咖喱鸡肉、咖喱牛肉、咖喱羊肉、咖喱土豆和蔬菜，是特立尼达和多巴哥的大众化食品。特立尼达和多巴哥成为英国殖民地后，一度引入大量印度契约劳工，他们带来了印度美食咖喱和罗蒂饼。参阅：焦震衡，《拉美和加勒比国家象征标志手册》，社会科学文献出版社，2015。

⑦ 奥比巫术结合了咒语施法和治疗实践，起源于非洲。它主要存在于苏里南、牙买加、特立尼达和多巴哥等国家。参阅：Fernández Olmos, Margarite; Paravisini-Gebert, Lizabeth, Creole Religions of the Caribbean: An Introduction from Vodou and Santería to Obeah and Espiritismo (second ed.). (New York and London: New York University Press, 2011).

⑧　原著中出现的地名和现今的地名可能存在出入，本书尊重原著，特此说明。

⑨　卡利亚洛是一种呈绿色的汤菜，主要原料为芋头，其他配料有秋葵、黄油、细香葱、胡椒、洋葱、芳香又带苦味的安格斯图拉树树皮、咸猪肉、热青椒以及奶油等。参阅：焦震衡，《拉美和加勒比国家象征标志手册》，社会科学文献出版社，2015。

⑩　杰克鱼广泛分布于大西洋、太平洋和印度洋的温带及热带海域，偶尔也会出现在淡水或微咸淡水中。参考链接：https://www.britannica.com/animal/jack-fish。

⑪　飞鱼是生活在巴巴多斯沿海的一种鱼，长约25厘米。它在遇到危险时可跃出水面，胸鳍犹如鸟翼一样张开，在空中滑翔30—40米，故被称为飞鱼。巴巴多斯被称为"飞鱼之国"，飞鱼是其出口的重要产品之一，也是巴巴多斯国菜之一。参阅：焦震衡：《拉美和加勒比国家象征标志手册》，社会科学文献出版社，2015。

⑫　原句"Stepped on a pin, the pin bent, and that's the way the story went."是英文童谣或民间故事中常见的结尾句式。参考链接：https://oshawamuseum.wordpress.com/2022/02/25/step-on-the-pin-the-pin-will-bend/。

温斯顿·恩津加

（牙买加）

我是温斯顿·恩津加（Winston Nzinga），1965年5月，我和三个姐姐一起从牙买加（Jamaica）来到英国，与先来英国的父母团聚。那时我只有6岁，常常自豪地告诉别人："我是牙买加人，彻头彻尾的牙买加人！"我们乘坐敞篷卡车，从牙买加的农村出发，卡车上挤满了赶往机场的人。平时这种车是用来运牲畜的。

我们搭乘的是英国海外航空公司的航班，那是我第一次坐飞机。当飞机即将降落在希思罗机场时，我透过窗户往下看，地面上有许多小点在移动，从空中看去就像一件件小玩具。我当时心里想："我也想要一个这样的玩具。"走出机场，我才发现那些并不是玩具，而是真正的小轿车。在此之前，我从未见过轿车。

我的父亲最先来到英国，像许多人一样，他计划在英国工作五年，存够钱后回家。他的兄弟也在英国，但他们未曾想到这里的生活竟然如此艰难。那时候，英国的种族歧视现象非常严重。情况变得越来越糟，生活难以维持，于是父亲让母亲也来英国，希望他们俩一起努力，买一套属于自己的房子。那时他们非常需要一套自己的房子，因为每次租房时，总能看到窗户上贴着"禁止黑人、爱尔兰人和狗入内"的标识。没有人愿意把像样的房子租给他们。我的父母心想：明明是英国政府邀请我们来的呀。

英国政府邀请我们前来，协助重建战后满目疮痍的英国。然而，讽刺的是，英国人并未为我们的到来做好准备，政府也没有为我们铺设一条顺畅的生活道路。父亲刚来时干的是体力活，后来成为一名助理护士，照料精神病人。他曾告诉我，因为一些婴儿是非婚生育的，所以他们被丢弃到了医院。我的母亲也是护士，专门照顾老年人。后来，我也做过一段时间护士，专门照顾孩子们。那时，我只有18岁，是四位男性护士中的一员，也是唯一的非裔，孩子们都很喜欢我。

我在布里斯托长大，那是我父母最初的落脚地。人们常常对我的口音评头论足。大约在9岁时，我会在家里拼命模仿伦敦口音，高声说话，心里默默希望外面路过的人能听到，并认为这栋屋子里住着真正的"英国人"。

虽然我没有直接遭受过种族歧视，但我知道在布里斯托的某些地方，黑人是不能踏足的。在那些地方，黑人的安全得不到保障。然而，一些牙买加青年并不甘心，他们聚集成群，闯入这些所谓的"白人区"，狠狠教训了那些不让我们通行的布里斯托少年，为年幼的黑人男孩扫清了障碍。

我对那个年代最深刻的记忆是厚厚的、至少有一米深的积雪。虽然当时生活清苦，但人们十分团结，齐心协力地克服各种困难。每当大雪降临，人们都会走出家门，清理自家门前路上的积雪。这种集体精神，成为我对20世纪60年代永不磨灭的回忆。

英国的学校从不教授任何关于黑人的历史。于是，我开始自学并潜心钻研。这段学习经历让我决定把姓氏从刘易斯（Lewis）改为恩津加，这个名字源自安哥拉的恩津加女王。17世纪末，恩津加女王带领民众抗击葡萄牙人入侵。在长达30年的统治时期内，她一直为反抗奴隶贸易而斗争。我欣赏她所代表的一切，也喜欢"恩津加"这个名字，它意为"圆"。这个名字源自班图语，象征圆内一切皆充满灵性，无始亦无终，循环往复，生生不息。

讲故事和非洲鼓乐一直是我生活的一部分。在牙买加的黄昏时分，人们常聚集在门廊里讲故事。每日劳作之后，人们会因故事与歌声，欢聚一堂。由于我祖母年事已高，无法去教堂。教会的工作人员会来到我们家，他们来时，常会演奏非洲鼓乐。那是我第一次聆听鼓声，那些鼓乐是普库米那教仪式的一部分。普库米那教是非洲裔牙买加人的宗教，源自非洲库米那[①]宗教，是岛上被奴役的刚果人带来的。祖母是普库米那教的虔诚信徒，因此这种音乐和舞蹈始终深深流淌在我的血脉中。上学时，我常常不自觉地敲打出节奏。后来，在"少年旅"[②]里，我成为首席鼓手，之后被发掘并受邀学习非洲鼓乐。这项技艺，如今也融入了我所讲述的故事之中。

艾尔玛·霍尔迪普

（巴巴多斯）

我是艾尔玛·霍尔迪普（Elma Holdip），出生在巴巴多斯（Barbados）的圣迈克尔斯，是听着故事长大的。家里常常举行福音聚会，我至今仍记得那些非洲鼓声和有如天籁般的歌声，它们总是与故事交织在一起。我们会听着音乐，伴随节奏起舞。那时候，家里总是充满音乐与歌声。

在巴巴多斯时，我申请了护士的职位。正巧那时有人招募护士前往英国，我当时很年轻，渴望冒险。我心想：为什么不去呢？于是在20世纪50年代初，25岁的我登上了驶往英国的船只。整个旅程十分漫长，足足持续了十天。我孤身一人到了英国，几个月后，我的兄弟也来了。来到英国后，我先是在惠廷顿医院做护士，月薪十英镑，住在医院里。那时候护士可以在医院里住宿。我身边有许多来自特立尼达岛的女孩，我与她们相处得很好，病人也对我非常友善。

然而，英国的天气太冷，令人难以忍受，因此我常常站在护士长办公室的火炉前取暖。有一天，我站得离火炉太近，差点儿就葬身火海。我被严重烧伤，之后在医院住了数周才完全康复，那段时光实在艰辛。后来我转到综合医院和皇家公园医院工作。

我在护理岗位上工作了多年，直到女儿开始上学，才停止工作，全身心投入母亲的角色。

音乐与歌曲

这些故事代代相传，口耳相授。它们本来就是需要大声讲出来的。歌词与歌声是这些故事的灵魂。在这一章中，我也创作了几首歌谣。不同版本的故事在黑暗时光里为岛上的人们带来了温暖，纵使身陷绝境，他们也能从故事中找到一丝希望。

会唱歌的骨头

（海地）

很久以前，有一位富有的国王，他的王国横跨崎岖不平的塞勒峰。虽然他拥有数不尽的财富，但金银珠宝在他眼中早已失去光彩。每次劫掠，或是税赋入库之后，金杯和钻石堆积如山，他却视而不见。人们都知道国王酷爱节律与音乐，唯有听到歌声与乐器声响起之时，他才会感到一丝喜悦。

在这座被坚固城墙围绕的国度里，人们通过唱歌跳舞来寻找欢乐。无论是为逝去的亲人举行庄重的守灵仪式，还是举办欢庆的舞会，人们都以隆重的方式相聚，场面十分壮观。舞者的四肢随着鼓点的节奏弯曲、扭动，胸膛也随之起伏跳动。鲜艳的色彩披挂在舞者身上，随着鼓声的律动，他们脚踏地面，吼声如雷，声势浩大。

对国王来说，新年第一天是个特殊的日子，因为这一天正是他的生日。然而这一年，他对热闹的奢华庆典感到厌倦。精心准备的王室盛宴也无法使他的脸上浮现一丝笑容。猪已宰杀、调制入味、下锅煎炸。黑米则与蘑菇、豌豆一同炖煮。他最钟爱的南瓜辣椒汤是向来只有王室成员才能享用的珍馐，此刻静静地摆在他面前，却没能激起他的食欲。

国王心神飘忽，思绪回荡在过去的种种成就与荣耀中，试图让自己振作起来："我拥有无与伦比的财富，民众爱我敬我，天下皆在我的掌控之下。"然而，即便荣光环绕，他的内心却感到空虚麻木，甚至对这些称赞生出厌倦。他渴望新的体验，渴望通过某种方式来重新验证自己的价值。不久，一个念头浮上心头。国王转身看向他的儿子和女儿，决定让他们比试一下。

"我希望你们俩能展示自己最出色的才艺，"国王不容分说地宣布，"谁的才艺更出众，更令我满意，谁便能在我死后继承我的王国。"他的女儿微微一笑低下头，她漆黑的发辫中编织着金线，在阳光下熠熠生辉。她那罗望子木般的肤色，散发着柔和的光泽。她拥有与生俱来的音乐天赋，歌声轻盈，快如蜂鸟振翅；歌声嘹亮，仿佛能直冲火山之巅。然而，她的哥哥却紧握双拳，紧咬双唇，唇上血痕浮现。与天赋异禀的妹妹相比，他的音乐才华毫不出众。他无法接受就此轻易地失去继承权，他的嫉妒犹如毒蛇般在殿内蜿蜒盘旋，伺机而动。尽管如此，他无法拒绝这场挑战，否则便会在父王面前显得软弱无能。于是，他接受了挑战，一场才艺比试便在这对王室继承人之间拉开了序幕。

那天夜里，国王坐在宫殿庭院中，四周的棕榈树在微风中轻轻摇曳，宫殿周围站满了护卫、大臣和前来观望的百姓。国王的女儿站在宫殿高处的阳台上，开始了歌唱。她的歌声深情，摄人心魄，连天上的繁星也仿佛为之驻足。她歌唱了家乡，"安的列斯群岛的明珠"，吟咏那陡峭的山脉曲线与繁茂的热带雨林。歌声终了，国王赞扬她的歌声充盈了每个人的心灵，并表示他迫不及待地想要观赏次日儿子带来的表演。

　　第二天清晨，公主独自漫步于森林中，为国王寻找他最喜欢的鲜红的木槿花。她穿行于巨大的树蕨间，忽然听见身后传来树枝折断的声音。她转过身，便看见了她的哥哥。

木槿花（SCARLET HIBISCUS）

　　"亲爱的哥哥，你吓到我了。"她举起手中的花朵，却在王子眼中看到了可怕的光芒。有人说，那一瞬间，她仿佛看到了自己的死亡。她尖叫一声，踉跄地后退，跌入灌木丛中。然而，王子一把抓住她的脖颈，用手指紧紧掐住，用尽全力地扭绞着她的喉咙。公主用双手拼命抓挠他的脸，试图挣脱。但一切都是徒劳，她像一根脆弱的树枝，被无情地折断，软软地倒在他的怀里。王子抱起公主毫无生气的尸体，将她埋在一棵野生的巴雅翁树下。只有树叶在风中沙沙作响，似乎在轻声诉说这场杀戮的真相。

　　你可能会以为，杀害了自己的亲妹妹，王子总该有点焦虑或愧疚吧？但事实上，他毫无愧疚之意，而是步履从容地走回王宫。当士兵们奉命寻找失踪的公主时，他脸上也没有丝毫的异样。搜寻持续了数日、数周、数月，但公主却杳无踪迹。国王悲痛欲绝，正如你所预料的那样。他几近崩溃，再也没有什么东西可以带给他欢乐。自此之后，音乐与歌声在王国中销声匿迹，仿佛随他的女儿一同消逝无踪。

直到有一天，一位农夫带着狗在灌木丛中行走。他手持砍刀，高高挥舞，劈开树叶，以便为自己开辟出一条小道。忽然，狗开始狂吠，低头在一棵树的根部嗅来嗅去。农夫什么也没看到，但他的狗却不停地吠叫，疯狂地抓刨，掀起层层泥土。突然，在靠近地表的地方，露出了一截骨头。狗用锋利的牙齿咬住了骨头，欢快地摇起了尾巴。农夫惊恐万分，怀疑这是一根人骨。他从狗嘴里小心翼翼地取出那根骨头，开始端详，谁知此时骨头竟开口唱起了歌：

"农夫，农夫，你可知？

我的白骨深埋地下。

兄长为王位害我命，

悄无声息地将我杀。

我身埋巴雅翁树下，

农夫，农夫，解禁我吧！"

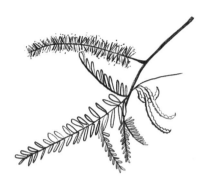

巴雅翁（BAYAWONN）

农夫几乎不敢相信自己的耳朵，但他很清楚该怎么做。他直奔王宫，恳求面见国王。还记得我说过的吧？那是一个黑暗的时代，觐见国王并非易事。他拒绝接见任何人，独自待在宫殿深处，紧闭窗扉，将自己封闭起来。

这时，国王的儿子听见农夫在宫外呼喊，坚持要见国王，心生疑惑，便怒吼道："农夫，你在喧闹什么？你为何而来？"农夫不愿意惹上麻烦，便恭恭敬敬地跪伏在地，将那根骨头呈递给王子。就在此时，骨头再次唱起了歌谣：

"兄长，兄长，你可知？

我的白骨深埋地下。

你为王位害我命，

悄无声息将我杀。

我身埋巴雅翁树下，

兄长，兄长，解禁我吧！"

骨头的歌声婉转动人，那声音清澈且不容错认，仿若清晨的曙光温暖了王宫黑暗的角落，将光明带回国王心中。他匆忙从寝殿中起身，以为是失踪已久的女儿回来了。他激动地从儿子手中夺过那根骨头。骨头又一次唱起了歌谣：

"父亲，父亲，你可知？

我的白骨深埋地下。

兄长为王位害我命，

悄无声息将我杀。

我身埋巴雅翁树下，

父亲，父亲，解禁我吧！"

王子脸色惨白，试图逃走。但国王一声令下，士兵将王子制服并处以死刑。随后，那根会唱歌的骨头也被埋葬在宫殿的庭院中。时光荏苒，不久之后，埋骨之地长出了一株淡粉色的玫瑰。据说，这便是玫瑰的起源。

当小路消失

（古巴）

这一天，古巴和平日一样，风和日丽。太阳的光辉洒满大地，令植物绽放生长。咖啡豆可以采摘了，果实也熟透了，人们一如既往热情地互相问候，出发去工作。然而，就在此时，他们发现道路被封闭了。岛上各个村庄往来与通向海岸的道路，竟在一夜之间消失了。

原本的道路变成一片密林，茂密的野草高达 30 英尺。村民们都说，这一切是因为约鲁巴③的黑暗死神——伊库（Iku）封锁了道路。他守卫着所有的通路，使人无法穿过。若有人试图冲破那密不透风的野草丛，便会被伊库带走，永远从世间消失。

人人受困，处处成牢。从南方前来北地探访的旅人再也无法返回故乡。邻里好友也因道路阻隔再也无缘相聚。整个岛屿陷入彻彻底底的封锁，孤寂与绝望之情在众人心中滋生蔓延，逃跑的念头占据了他们全部心神。但是，那些鼓起勇气离去的人却从此杳无音信，恐怕都已死于死神伊库之手。

久而久之，时光仿佛停滞不前。人们对未来不再抱有希望，因此无论是节庆还是聚会，都失去了意义，使人徒生疲惫。那些滞留于山岭的海边人，听着山林中微风吹拂枝叶的声响，仿佛海浪拍打的回音仍在耳畔，不禁泪湿衣襟；那些被困于海边的山岭人，听到海风拂面的轻吟，恍如昔日森林之声从海岸传来，顿时心生悲怆。

岁月流逝，村庄逐渐衰败。花园无人打理，荒芜凋敝。屋舍年久失修，腐朽破败。很多人早已随着消失的道路一同不见了踪影。但是在巴拉科亚村东部，有一对老夫妻依然留在此地，两人的住处被芬芳的可可树与咖啡树环绕。他们相互扶持，精心照料着土地。

多年以来，他们共同养育了 20 个孩子。这些孩子无论男女，都有一头微卷的黑发，以及肉桂树皮色的皮肤。他们给父母和村中那些仍记得自由时光的老人们带来了无尽的欢乐。然而，时光如流水，孩子们渐渐长大，心中萌生出离家的念头。

孩子们一个接一个地对他们的父母说："我想知道村庄外的世界是什么样的，我要亲自去看看。"无论父母如何哀求挽留，孩子们最终还是消失在茂密的丛林迷雾中，再也没有人见过他们。

这对老夫妻只能接受现实，没有子女会陪伴他们度过晚年。就在此时，奇迹降临了。老妇人再次怀孕，生下了一对双胞胎男婴。他们为这两个孩子取名为塔沃（Taewo）和卡因德（Kainde）。村中的长者们则称他们为"伊贝尔斯"，意为"神圣双生子"，并为他们的降生而赞颂非洲诸神。

"伟大的厄里歇神④奥巴塔拉⑤赐予了他们生命。"村民们纷纷赞同，他们深信双胞胎的降生象征着村庄受到了神明的庇佑。村民们心中涌起了一股新的希望。村里的妇人们对这对孩子格外宠爱，视如己出。每天，她们都用椰子油轻轻抚摩孩子们柔嫩的肌肤和头发，滋养他们。双胞胎吃着大蕉、木薯与甘薯长大，渐渐变得身材挺拔、体格健硕。

他们俩如同一颗豆荚中的两粒可可豆，长得几乎一模一样。细细观察，才能发现年幼的塔沃眼眸黝黑如浓咖啡，而年长的卡因德的眼睛则泛着红木般淡淡的红褐色光彩。他们常常面带微笑，脸上隐隐透出一种柔和的光芒，仿佛是天赐的印记，预示着他们将为村庄带来吉祥与福瑞。

"撑起天穹的神祇奥洛伦⑥正庇佑着我们的伊贝尔斯。"每当村民们看到这对嬉皮笑脸、调皮捣蛋的双胞胎时，都会如此感叹。而双胞胎也总是喜欢捉弄那些分不清他们的人。

"不对，答应帮你修椅子的是塔沃，我是卡因德。"其中一个会咯咯笑着对邻居说，一边捂住嘴巴，遮住两排雪白耀眼的牙齿。

有一天，就像他们的兄弟姐妹那样，塔沃和卡因德对父母说："我们想知道村庄外的世界是什么样的，我们要亲自去看看。"父母听后，心如刀绞。

"不，不要啊！我的伊贝尔斯呀，我无法承受与你们就这样离别！"母亲哀嚎道，用双拳捶打着地面。痛苦和悲伤如潮水般涌来，几乎再次笼罩整个村庄。就在此时，一位长者站出来说道："让我们为双胞胎的勇敢而庆祝。我们将举行一场盛大的欢送节，祝他们一路好运。"

女子们身着古巴巴塔舞裙，缀满层层叠叠的樱桃红、日出橙与雪白的褶边，摇曳生姿。她们旋转着，围成一圈。双胞胎站在圈中央，身穿白色棉制的瓜亚贝拉⑦上衣和短裤。村民们翩翩起舞，依次上前，将翠绿的番石榴果塞进他们的衣兜里，为他们的旅程送上祝福。村民们齐齐挥动长长的棕榈叶，高声歌唱：

"闪耀吧，伊贝尔斯，闪耀吧，

愿所有道路为你们敞开。

舞动吧，伊贝尔斯，舞动吧，

愿日月星辰守护你们无碍。"

塔沃与卡因德吻别了父母，向森林深处走去。茂密的野草丛为他们敞开，现出一条小径，使他们能轻松前行。待他们经过后，小径又悄然合拢，路径再次消失不见，使其他人无法跟随而过。

在周身闪烁的微光的庇护下，兄弟俩朝着北方，朝向海岸，坚定不移地行走了七日。他们计划一直沿着岛屿边缘行走，看看是否有通往其他村庄的道路会为他们敞开。他们在遍布黑胡桃树的崎岖山丘间攀爬，只在饥饿时停下，取出母亲为他们准备的米饭和豆子充饥。夜晚，他们在星空下入睡，丝毫不被那些悄悄爬出来觅食的小动物发出的窸窣声打扰。

第八天，他们终于到达了海边，生平第一次见到了辽阔的大海。他们望着天际，惊叹地屏息凝视眼前的壮丽景象。淡蓝的天幕上点缀着几朵白云，倒映在清澈的水面下。塔沃转向哥哥，说道："看啊！天空与水面相连，大海无边无尽，仿佛通向永恒。"

双胞胎静静地站在那里，任海风轻拂脸庞，聆听海浪轻拍岸边的沙沙声。这是他们人生中第一次感受到自由的滋味。他们的心中涌起一股冲动，想要奔下山坡，跃入水中。然而，就在这时，一个声音打断了他们的遐想。那声音起先像一百只青蛙在呱呱鸣叫，紧接着又像一百匹骏马在山下嘶鸣震颤。

他们低头向山坡下方望去，只见一片金黄的沙滩上，散落着无数人骨。头颅、手臂、腿骨和脊椎骨堆叠成山，被一头巨兽的庞大身躯环绕。那阴森、恐怖的声音正是从那巨兽口中传来的。巨兽侧身躺着，正在睡觉，鼾声震天。他巨大的嘴巴张着，好像深不见底的洞穴。每一次呼气都带着腐肉的恶臭，随风向他们飘荡而来。这头巨兽名叫奥库里·博罗库（Okurri Boroku），他就是封闭了所有通路的魔鬼。此刻，他庞大的身躯横亘在海滩上，挡住了他们的去路。

"看那巨兽的块头！他的腿粗得像盘根错节的大树干，身子大得足以填满整个屋子。"塔沃睁大了眼睛，惊叹道。

"真是臭气熏天呀！"卡因德捏紧鼻子，试图挡住这股难闻的气味，"我们该怎么过去呢？"他问弟弟，心中满是担忧，害怕他们的骨头会像那些曾一路跋涉到此的其他人一样，堆积在白骨山中。可是，他们要穿过这里去到岛的另一边，必定会惊醒这头巨兽。

"快！别让他发现我们。"塔沃拉住哥哥的手臂，低声说道。他们伏身在草丛中，凝望着那头丑陋的巨兽。巨兽的头大如巨石，头发纠缠成一团，上面挂满了红色的羽毛。他的一只眼睛紧闭，另一只则微微睁开，露出黑色的瞳孔，呆滞地望向前方。偶尔，他会抬起沉重的手臂，驱赶在脸旁嗡嗡作响的蚊虫。

"我去把他叫醒，"塔沃说道，"你趴下，别动。"说完，他一边吹着口哨，一边大步走下山坡，心想巨兽肯定会被惊醒，起来咆哮一番。然而，巨兽没有醒来，他依旧沉沉地睡着，发出一阵阵沉重的呼噜声。

"醒！来！"塔沃大声喊道，"你挡住我的路了，我要过去！"他叉腰站着，直勾勾地盯着这魔鬼般的巨兽。奥库里·博罗库懒洋洋地睁开一只眼睛，又闭了回去。塔沃心想，这巨兽看来不容易被叫醒，或许他已经沉睡了许多年。他抬起脚，猛地踢了踢巨兽的手臂。

"起！来！"塔沃再次大喊。这一次，他抓住巨兽头上的羽毛用力拉扯，然后迅速跳开，保持着安全的距离。

奥库里·博罗库睁开眼睛，看到塔沃站在他面前。他缓缓站起身，打了个响亮的哈欠，低头瞪着塔沃说："你在这里干什么，小子？你知道我是谁吗？"他咆哮着，露出长长的、锯齿般的獠牙。他的牙齿如矛般锋利，在嘴中闪烁着寒光。

塔沃甜甜地微笑着，说道："请让我通过吧，你挡住了我的路。"

"看看我的牙齿，小子。我饿了，已经好久没吃人了。"巨兽居高临下，从头到脚打量着塔沃。

塔沃站在原地一动不动。虽然他的身高只刚刚够到巨兽的腰间，但他毫不退缩。他抬头注视着奥库里·博罗库黑色的眼睛，坚定地说："你必须让我通过，也该让所有人通过。"巨兽咧嘴一笑，颇为欣赏塔沃的勇气。他心中暗想：这小子倒是有趣，不如先戏弄一番，再将他一口吞下。

他面向塔沃，提出一个挑战。

"我喜欢跳舞，小子，我已经很久没有跳过舞了。"他将一个又高又大、像桶一样的马库塔鼓递给塔沃。

"你来敲打这个鼓，如果我喜欢你打出的节奏，我便会跳舞。敲吧，看看谁会先累趴下。如果我先停下，你便能通过。但如果你先停下，我会把你吃掉，让你的骨头和其他人的堆在一起。"说完，奥库里·博罗库仰天狂笑。

塔沃接过马库塔鼓，爬上山坡，来到哥哥趴着的地方。"你跳舞的时候，我就在这儿敲鼓。"随即，他一下一下拍打鼓面，雄浑的鼓声直冲天空：

咔，咔咔，咔嗒。

咔，咔咔，咔嗒。

巨兽抬起脚，开始跳起舞来。他在沙地上用力地跺脚，长长的手臂在腰侧摆动，脑袋左右摇晃，头发上艳红的羽毛也随之扭来扭去。

"好！我喜欢这鼓点，打起来，小子，继续打鼓吧！"巨兽低吼道。塔沃加快了节奏，用手侧猛拍鼓面，然后换另一只手重重击下。巨兽随着节奏疯狂地舞动，并催促塔沃继续敲打。巨兽随着节拍扭腰摆臀、耸动双肩，舞动了整整几个时辰。塔沃的双手一刻不停地敲打鼓面，直到手心火辣刺痛，通红一片。

卡因德趴在地上，透过高高的草丛静静观察。他一寸一寸地往前爬行，直到紧贴塔沃脚边，耐心地等待着交换的时刻。太阳开始西沉，夜幕渐渐笼罩天空。巨兽开始转着圈舞动，当他背对兄弟俩时，卡因德从草丛中迅速跃起，而塔沃则顺势伏下，两人悄然互换了位置。巨兽对此却毫无察觉。

卡因德全力拍打着鼓面，唱道："跳吧！巨兽，跳吧！跳到你倒下为止。"

他一边唱，一边以更快的速度拍打鼓面。伴随着疯狂旋转的舞步，奥库里·博罗库的鼻孔与耳中冒出滚滚浓烟。在黑夜中出没的鸟儿盘旋而来，加入了舞蹈。夜枭发出刺耳的尖叫，蝙蝠展开双翼，在他头顶上下翻飞。

塔沃已经悄悄爬到山坡上。为了不被巨兽发现，他藏身在一棵树后，喝着水，悄悄恢复体力。就这样，整整两天两夜，双胞胎兄弟交换位置，轮流击鼓，而巨兽则在鼓声中狂舞不息。

终于，在第三日，烈日当空之时，巨兽的舞步开始缓慢下来。汗水沿着他的脸颊滚落，毒血从眼角与耳中渗出。他渴望鼓声停息，渴望得以止步。他的身体疼痛不堪，精力在炙热的阳光下被无情地消耗殆尽。

这一日夜幕降临时，巨兽依然在狂舞。他气喘吁吁，声音沙哑。他咕哝道："继续击鼓，小子，继续。"然而，在他说出这最后一句话时，他的身体向后摇晃，最终倒在沙地上，就此死去。

双胞胎兄弟迅速从山坡上奔下，绕着巨兽的尸体转圈。"你的诅咒解除了，奥库里·博洛库，这是属于我们的时代。"他们宣告道。他们说得没错，巨兽已被打败，昔日封闭的道路重新显现。茂密如绳结般的灌木和杂草悄然退去，通向远方的路途随之显现。

双胞胎兄弟攀上高耸入云的木棉树，这棵树被称为生命之树，是所有灵魂的栖息之所。他们坐在雄伟的枝干间，距离地面超过200英尺，向厄里歇神奥巴塔拉祈求："神啊，请复活被奥库里·博洛库夺去的生命，将他们的灵魂带回来吧。"他们的声音回荡在夜空中，祷言传到了强大的神祇耳中。

山谷之下，死去的人们拾起散落在曾被奥库里·博洛库封锁的道路上的尸骨，重新活了过来。他们回到了曾经的家园，与家人团聚。伊贝尔斯征服了恶魔，将爱与光明带回了小岛。直到今天，伊贝尔斯依然被视为道路的守护者，他们的存在确保了永恒的和平。

弹吉他的人

（格林纳达）

每年这个时候，爱之节奏都会随海风飘然而至，荡漾在岛屿的每个角落。卡利普索的节拍轻盈跃动，随着时光流淌不息，人们则兴高采烈地沉浸在欢庆的氛围中。当你走在街头，经过一栋栋门窗大开、颜色鲜艳的房子时，甜美的黑果蛋糕香味会扑面而来，还带着肉桂的香气，以及用陈年葡萄酒和朗姆酒泡过的干果的醉人味道。

这是岛上婚礼季的开始。每到夜晚，舞厅里灯火通明，婚礼派对热闹非凡，乐队为宾客们带来欢乐。某个晚上，约翰尼（Johnny）应邀为弗拉明戈湾附近的一场婚礼弹奏吉他，那里的房屋俯瞰着狭窄的港湾和深蓝的海水。他受邀加入乐队演出，满心期待品尝免费的美味佳肴，还希望能趁机与女士们甜言蜜语一番。

夜幕降临时，一位身穿飘逸黄裙的年轻女子吸引了约翰尼的目光。他开始拨动琴弦，仿佛那旋律是专门为她而奏。女子随着音乐的节奏摇曳，挥动双臂，如同飞翔的知更鸟般轻盈起舞。她微笑着，明知他在注视她，却始终没有与他对视。

婚礼一直持续到深夜。宾客们渐渐散去后，约翰尼走向那位美丽的黄裙女子，与她聊了起来。女子名叫克拉丽莎（Clarissa），是新娘的表亲。约翰尼夸赞她美丽的浅褐色眼睛，还有她发间别着的黄铃花。她羞涩地红了脸，回以礼貌的赞美。

"谢谢你，约翰尼。你今晚弹奏的音乐真好听，它让我像鸟儿一样自由。"说着，她转身踩着红色高跟鞋轻盈旋转，仿佛希望音乐永不停歇。约翰尼也想与她多待一会儿，便提议送她回家。毕竟已经过了午夜，她的朋友们早已离去。他们一同离开了宴会，肩并肩走在月光下。

夜风凉爽，月光洒在空旷的道路上，只听见远处蟋蟀在低吟。一路上，约翰尼轻弹吉他，为他的新恋人唱起了情歌：

"到河边来与我见面，
待太阳高挂天际时。
到河边来与我见面，
听那天上飞鸟歌鸣。"

克拉丽莎倾听着约翰尼的旋律，手臂穿过他的臂弯，他们一同在黑暗中行走。她很高兴他的音乐能让她不去想出没在路上的幽灵。她听过许多幽灵夜晚在街头游荡的故事，因此她紧紧盯着前方，不敢分心。

道路上灯光昏暗，偶尔有几盏街灯投下微弱的光芒。黑暗像无声的狼群，从两侧悄悄逼近，仿佛随时准备扑向他们。猫头鹰在树枝间盘旋，红色的眼睛在夜间闪烁。偶尔，几只蝙蝠展开翅膀，划破夜空飞过。约翰尼依旧轻柔地弹奏着吉他，而克拉丽莎却发现自己的思绪有些失控，陷入了对黑暗的幻想。

此时，婚宴大厅已远远落在身后，他们来到一座长桥前。这座桥通往莫里茨山路，蜿蜒绕过克拉丽莎所住的教区。克拉丽莎突然停下脚步，微微歪头，凝神倾听。

"你听见那音乐了吗？"她的声音中透着一丝恐惧。约翰尼轻轻笑着，继续弹奏吉他："当然，我听得见我自己的音乐。你不喜欢吗？"他有些担心，觉得自己的魅力似乎正在消退。

"不是你的音乐。听，听那声音。"她低声说道，摇晃着他的胳膊，直到他停下弹奏。约翰尼放下吉他，心中不禁疑惑，她到底怎么了，刚才还如此温柔亲切。就在这时，他也听到了，远处传来另一把吉他的琴声，若有若无，仿佛从十分遥远的地方飘来。

约翰尼笑着松了一口气，心想前面或许是乐队的其他人。"走吧，我们去看看那是谁。也许我们可以一起唱着歌送你回家呢。"他牵起她的手，向桥上走去，向着那忧伤的旋律走去。

在月光照耀下，一个男人的身影渐渐显现。他坐在桥的尽头，轻轻拨动吉他，凄楚的歌声向他们飘来。约翰尼并不认识他，但无论他是谁，看上去似乎并不危险。克拉丽莎打了个寒战，紧紧握住了他的手。她感觉不太舒服，却又说不出为什么。

约翰尼催促道："走吧，我们去看看他是谁。"

当他们走近时，那个男人仍然在弹奏和唱歌。一顶帽檐已经磨损的破草帽遮住了他半边脸。他神情疲惫，脸上满是悲伤。

"晚上好，"约翰尼说，"你是从婚礼上过来的吗？"

问题一出口，他就知道了答案。眼前的男人光着脚，衣着十分破旧。他的裤子上有破洞，身上穿着一件早已过时的棉布衬衣。显然，他不像刚刚参加完婚礼派对的人。

他们决定继续前行，留那男人独自坐在桥边。就在这时，奇怪的事情发生了。他们开始向前走，但不知为何竟又回到了桥的起点，也就是他们刚才来的地方。

"这是怎么回事？"克拉丽莎惊叫道。她紧紧抓住约翰尼的胳膊，两人加快了步伐，几乎奔跑着再次穿过了那座桥。吉他手依旧在弹奏那首忧郁的曲子，但当他们靠近时，音乐的节奏突然变得狂乱起来。他的手指如同狼蛛般迅速穿梭在琴弦上，他的歌声也变得愈加响亮，仿佛充满了无法抗拒的力量。

约翰尼从未听过如此动人的音乐，他很想再听上一会儿，但他知道他们应该继续往前走，快点儿离开这里。可当他们急匆匆地走过那男人身旁时，他们发现自己又回到了桥的起点，仿佛被困在了无尽的时间循环中。

约翰尼紧紧抓住克拉丽莎的胳膊，转身朝婚宴厅的方向走去。他希望能找到另一条回家的路，但当他们转身后，却又再次面对那位吉他手，只是这一次他们站在了桥的另一头。

"你究竟想怎么样，伙计？"约翰尼大声喊道。他用身体护住克拉丽莎，她紧紧地贴在他的背上，心里希望这一切不过是个梦。那男人停下弹奏，第一次抬起头，看向他们。眼中满是未曾流下的泪水，像被困在眼眶里无法顺着脸颊流落。克拉丽莎看见他脖子上有一道深深的瘀伤，像被绳子勒过的痕迹。他呆滞地盯着她，低声说："你们不该这么晚出门。"他的声音沙哑且刺耳。

"我们知道，我们只是想回家。"约翰尼几乎已在恳求，希望眼前的男人能放过他们，但那男人没有回应。约翰尼决定换个方式。"你的吉他弹得真好，我从未听过这么好的音乐。"他努力让自己的语气显得轻松随意。

"谢谢你，"男人说道，"要是在我活着的时候，你就听到了我的弹奏该多好呀。"

会唱歌的麻袋

（圭亚那）

骗一次成，骗第二次难。

——加勒比谚语

从前，有一位名叫埃莉诺（Eleanor）的年轻女孩，她的皮肤是深褐色的，就像熟透的可可豆；脸上总是挂着灿烂而温暖的微笑，笑意深深嵌在她圆润的双颊之中。她与家人住在圭亚那高地的一间简朴小屋里，周围山势陡峭，森林辽阔。

每天清晨，太阳还未完全升起时，埃莉诺便开始忙碌家务。她拿起椰叶扫帚，一边轻声哼唱，一边将尘土扫出屋外。她轻盈地从一个房间走向另一个房间，身体和手臂随着扫帚的长叶轻轻摇摆和挥动。她的歌声温暖如阳光，每一句都让人心里暖洋洋的。

椰叶扫帚（COCOYEA BROOM）

"我以歌声唤晨曦，

唤晨曦，

扫尘埃去阴霾，

去阴霾。"

埃莉诺的家人很喜欢听她唱歌。她那悠扬的歌声会飘进小屋里的每个角落，使整个家充满欢愉。

一天清晨，埃莉诺将屋前屋后清扫了一遍，随后走到院子里喂鸡。听到她的脚步声，鸡群纷纷打着鸣，抖动着羽毛，似乎知道早餐快到了。

"早安，咕咕鸡们！"她边唱边撒下玉米粒。鸡群叫得更欢了，尖尖的嘴巴快速地在泥土中啄食。接着，她走向屋后的果园，去摘金黄色的橙子。果树密密匝匝地挤在一起，枝头上挂满了散发着甜美香气的果实。

埃莉诺的歌声高飞入空中，向盘旋和俯冲的鸟儿们问候。她一边唱歌，一边将新鲜的果实放入篮中，篮子中渐渐装满了橙子。

埃莉诺的上午一般都是这样过的。这天正午，烈日高悬，炙热的阳光直射在头顶。埃莉诺听到远处凯厄图尔瀑布⑧的轰鸣声，心中渴望能在清凉的瀑布水中畅游。

"妈妈，请让我去河边游泳吧，"她双手合十，祈祷般恳求着，"家里实在太热，我待不住了。"母亲轻轻叹了口气，摇了摇头。那条河流蜿蜒穿过森林中央，四周都是木棉树，那里被认为是灵魂栖息的地方。

"你不能一个人去，我要进村里卖蛋糕，你的兄弟们要天黑后才会回来。"母亲说道。

埃莉诺长叹了口气，知道自己无法改变母亲的决定。整个下午她只能打着呵欠昏昏欲睡，炙热的气息笼罩四周，却无处寻觅一丝清凉。然而，独自一人时，她突然有了勇气，决定到阴凉处走一小会儿。她沿着山脚蜿蜒的小径前行，小心翼翼地避开茂密的森林。

或许是因为散落在草间的粉色和白色的百合花香气醉人，又或许是因为红宝石般的小蜂鸟在树丛间穿梭飞舞。无论是什么吸引了她，最终，埃莉诺偏离了小路，走进了森林。她沉浸在歌声中，漫步而行，经过了倒挂在枝头的蜥蜴，经过了缓慢咀嚼树叶的树懒。她唱着歌儿，唱给头顶的飞鸟，唱给脚下的小生灵。她越走越远，渐渐走入密林深处。

在这片茂密的森林中，有一个跛脚的老头，心肠像他的双腿一样扭曲邪恶。他手里握着一根长长的黑棍子，用蟹木楝的枝干雕刻而成。

老头背着一个破旧的麻布袋，随时准备装入一切他认为有价值的东西。他在林中跌跌撞撞，口中不停咒骂着挡路的每一块石头和每一丛灌木，希望它们都能从眼前统统消失。就在这时，一阵悠扬的歌声飘然而至，比林间最甜美的鸟鸣还要动人。那旋律穿过枝叶间隙，回荡在树冠之下。老头停下脚步，竖耳细听，心中赞叹道："多么动人的声音呀！"他脑中霎时转起了念头，暗暗盘算着如何利用这美妙的歌声来谋取财富。"若是人们听到这样的歌声，他们必定愿意慷慨解囊。"

老头紧紧抓住手中的麻布袋，朝着歌声传来的方向稳步走去。此时，埃莉诺已然来到河边，正想着是否要停下脚步小憩片刻。湍急的河水从陡峭的岩石间奔涌而下，水花四溅。

"哎呀！我竟然走了这么远。"她大声说，这才意识到自己违背了母亲的嘱咐，独自来到了瀑布边。如果周围的大树能将幽灵们的秘密娓娓道来，它们一定会告诫她赶快回家。然而，河水晶莹剔透，银鱼在水面下欢跃起舞，格外诱人。

埃莉诺心想：我伸脚进去凉快一下，马上就走。

她缓缓踏入水中，冰凉的河水轻轻拂过她的双脚。在这闷热的午后，脚趾间传来的清凉让她感到全身无比舒畅。很快，她便将对母亲的承诺抛之脑后，开始在水中嬉戏游动，溅起阵阵水花，全然不知自己的一举一动正被人暗中窥视。

老头一动不动地站着，他的脸与松树的树皮几乎融为一体。他眯着眼睛，透过树影紧盯着埃莉诺。"这是一只会唱歌的小鸟。"他自言自语道，随即弓下身子藏了起来。他耐心地观察着，等待着。尽管弯曲的膝盖开始隐隐作痛，佝偻的背也越来越酸疼，但他并不着急。

"心急吃不了热豆腐。"他心中暗想，坚信自己的耐心必将带来回报。

埃莉诺从水中出来时，发现一只鞋子不见了。她记得鞋子就放在附近，于是在长而茂密的草丛中四处翻找。她透过草叶望去，突然发现两颗贼亮的小眼珠正从中注视着她。埃莉诺尖叫一声，惊恐地跌坐在地。

"下午好，我没想到这里还有人。"埃莉诺结结巴巴地说。老头站起身，朝她走了过来。

"我这有样东西，应该是你的。"他笑着答道，伸手递给她一只鞋子。埃莉诺松了口气，赶紧道谢，接过鞋子迅速穿上。然而，她刚穿上鞋子，还来不及反应，一只粗糙的大手就猛地抓住了她的手腕。老头打开那个破旧的麻布袋，毫不留情地将她丢了进去。

"放我出去！"埃莉诺在袋中大声喊叫，拼命挣扎，却只能听到老头的冷笑声。老头将麻布袋甩到肩上，步履沉重地走出森林，唯有沉默的树木见证了这一切。接下来的一整夜老头都在赶路，直到他来到了另一个村庄。天刚破晓，他走进村里的市集，走到广场中心，将麻布袋放在显眼的地方，试图吸引所有人的注意。随着时间的推移，男人、女人和孩子们挤满了广场，开始一天的买卖和喧嚣。老头提高嗓音，朝着人群大声喊："快过来，快过来，听听我这神奇麻布袋的美妙歌声！"

人们渐渐围拢过来，好奇地注视着老头和麻布袋，期待这出奇妙的表演。老头弯下身，贴近麻布袋，低声说道：

"唱吧，会唱歌的麻袋，唱吧！

否则我的棍子可不答应！"

接着，从麻布袋中传出甜美却哀婉的歌声：

"因我戏水河中游，妈妈呀，

丢了鞋子惨被捉。

因我戏水河中游，妈妈呀，

此生再难见您面。"

人群屏息凝神，被神奇麻布袋中传出的歌声深深吸引，如痴如醉。待歌声停歇，掌声雷动，喝彩声此起彼伏：

"再来一曲！再来一曲！"

"多么美妙的声音啊！"

老头咧嘴笑了，脸上狰狞扭曲的笑容如同手中歪歪扭扭的木杖。他取下帽子，向人群收取硬币。次日，他又来到另一个村子，继续展示"会唱歌的麻布袋"。人们再次为这神奇的景象惊叹不已，慷慨地将硬币投入他的帽中。小女孩则夜夜泪流满面，哀求着要回家，但老头总是无情地拒绝。他游走于村庄与城镇之间，用"会唱歌的麻布袋"到处表演。每当歌声响起，人群便无不鼓掌欢呼，催促着："再来一曲！再来一曲！"

一天傍晚，老人来到一家寄宿屋，这里正是埃莉诺家所在的村子。他坐在一张桌子旁，等待上菜，身旁放着他的麻布袋。此时，老头已经小有名气，住在附近的陌生人都闻讯赶来，想要一睹神奇的"会唱歌的麻布袋"的风采。老人站起身，俯身靠近麻布袋，轻声命令道：

"唱吧，会唱歌的麻袋，唱吧！

否则我的棍子可不答应！"

接着，从麻布袋中传来甜美而又哀婉的歌声：

"因我戏水河中游，妈妈呀，

丢了鞋子惨被捉。

因我戏水河中游，妈妈呀，

此生再难见您面。"

人们再次为神奇的麻布袋惊叹不已，欢呼声此起彼伏，掌声雷动。他们还不断叫喊，要求再来一曲。恰巧，那晚埃莉诺的哥哥也在那家寄宿屋，他正在厨房里忙碌。当他挥动扫帚清理地面时，妹妹熟悉的歌声突然飘入他耳中，触动了他那满含哀愁的心。

起初，他以为自己听错了。或许是他过于思念妹妹，才会在脑海中幻化出她的声音。但他屏住呼吸再听了一遍。字字句句、每丝音调，都分明是埃莉诺的声音。他猛地把扫帚丢到一边，向餐厅飞奔。他冲入欢呼的人群，拨开挡路的人们，奋力向声音的源头冲去。终于，他在餐厅中央看到了那佝偻的老头，正倚着一根歪歪扭扭的黑色拐杖，脸上挂着一抹得意的笑容。

"把袋子打开，让我看看里面！"埃莉诺的哥哥怒吼道，眼中燃烧着愤怒的火焰。

仗着自己已有的名声和观众的崇拜，老头冷冷地拒绝。

"这可是个魔法麻布袋，若是打开，魔法就会消失，它的秘密也将不再存在。"他一边说，一边用力将袋口拧紧。

"回厨房去吧！"人们不耐烦地喊道，"别扫了我们的兴致！"他们开始抱怨，嘘声四起，想要将埃莉诺的哥哥赶走。但埃莉诺的哥哥坚信自己听到的就是埃莉诺的声音。他猛地向前冲去，迅速撕开麻布袋，埃莉诺的身影顿时出现在众人眼前。刹那间，时光仿佛凝固了，空气中传来一阵又一阵倒吸凉气的声音，整个房间陷入死一般的寂静。"魔法"麻布袋的秘密真相大白，所有人都看穿了老头的诡计。

埃莉诺的哥哥一把抓起那根歪歪扭扭的棍子，挥舞着追赶老头。村民们紧随其后，喊叫着，把邪恶的老头赶出了村庄。

从此以后，埃莉诺与家人团聚，过上了幸福安宁的生活。而那驼背的老头，再也没敢露面，从此消失在了人们的记忆中。

跳舞吧，奶奶，跳舞吧

（安提瓜岛）

那是一个晴朗的日子，太阳正缓缓地从地平线上升起，阿南西（Anansi）却只能在村庄里转悠，四处寻找食物。他的喉咙又干又涩，肚子瘪瘪的，不断发出咕噜声。"我去哪里才能找点吃的呢？"他边抱怨，边挠着下巴。你瞧，那天早上，他就是被自己肚子的咕噜声和妻子的咒骂声吵醒的。

"阿南西，你到底有什么用？快去给我们找点吃的！"妻子大喊着，用手指敲他的头，仿佛那只是一个空空的椰子壳。然而，阿南西仍然一动不动。妻子见状，气得又拽起他的脚来。

她愤愤不平地说："阿南西，快起来！你真是懒到家了！"她希望这些话能刺激他，让他从沉沉的梦中醒来。终于，阿南西勉强睁开了一只眼睛，看到妻子双手叉腰，怒目圆睁地站在他面前。他知道今天肯定没法偷懒了，便立刻坐直了身子。

"偷得浮生半日闲，这可不是懒惰啊。"阿南西嘟囔着。一大早被吵醒，他感到有些恼火。

"可是只有早起的鸟儿才能吃到最甜美的花蜜。"妻子立刻回击，急急忙忙地催促他走出家门。

阿南西不情不愿地离开了家，还答应妻子，如果找不到足够的食物，就不回来了。于是，在黎明的微光中，他只能昏昏沉沉地四处转悠。

在路旁，他与卖椰子水的邓恩（Dunn）太太擦肩而过。她的小摊上摆满了圆滚滚的椰子，每个椰子上都插着吸管，方便人们啜饮。阿南西贪婪地盯着那些椰子，心想：要是能喝上一口清凉甘甜的椰子汁该有多好呀。想到这里，他不由得咽了咽口水。

"嗯，这正是我需要的。既能消暑，又能解渴。"阿南西心里盘算着。他立刻露出了最灿烂的笑容，走向邓恩太太。

"早啊，邓恩太太。"阿南西挥手打招呼，"今天有没有免费的东西让我尝尝呀？"说着，他伸出双手，摆出一副讨要的模样。

"没有，阿南西，我可不白给人东西。"邓恩太太摇了摇头，毫不犹豫地回绝，显然对他的厚脸皮做派颇为不满。她知道，若是给了他一杯，他肯定会再要一杯，永远没个头。阿南西耸了耸肩，毫不在意地继续向前走。又走了一会儿，他看到克拉克（Clarke）太太坐在一把鲜红的遮阳伞下，伞盖大大地张开，为她的糕点摊撑起一片阴凉。椰子和花生糖的甜香随风飘来，轻轻撩拨着他的鼻尖，他的肚子咕咕叫得更大声了。啊，他多么渴望咬一大口酥脆的糖块，再细细咀嚼啊。于是，阿南西信心满满地走了过去。

"早啊，克拉克太太，今天有没有免费的东西给我尝尝呀？"他满怀希望地问，露出灿烂的笑容。

"没有，阿南西，今天没有东西给你。"克拉克夫人答道。话音刚落，她就转过身去，不再理会阿南西。她知道，若是给了他一块，他准会再要第二块。

事情似乎并未如阿南西所愿，他的魅力没能像往日那样奏效。然而，阿南西依旧毫不在意，耸了耸肩。在他看来，这不过意味着更好的机会即将出现。他转身离开糕点摊，向村外走去，打算继续寻找食物，或者寻找一个能够让他轻易骗取食物的人。

"我需要的是一个傻头傻脑，但又有很多食物的人。"他环顾四周，大声地自言自语，期盼着能发现合适的目标。然而，四下里空无一人，他只好沿着土路继续前行，盼望着能遇到一个愿意施舍他些食物的人。

晨光渐盛，阿南西双脚酸痛，口干舌燥，肚子也不停地咕咕作响。

"真是可怜啊，我竟然沦落到这种地步，一大家子人等着我养活。"他一边低声抱怨，一边擦着额头上的汗珠。终于，他在一棵巴拉塔树下坐了下来，准备稍作休息，思考如何才能弄到些食物。他刚闭上眼睛，便听到前方不远处一块田地里传来欢快的哼唱声。阿南西心头一喜，心想可能有人带着食物。他立即站起身，准备去看个究竟。他从灌木丛中探出头去，眼前的一幕差点让他的眼珠从眼眶里跳出来！

"瞧瞧这些食物！"阿南西忍不住喊出声来。眼前的景象令他目瞪口呆：一片金黄的玉米地，一眼望不到边，在阳光下闪耀着光辉。玉米地的尽头，一位老奶奶正提着篮子，轻轻哼着歌，忙着采摘饱满的玉米。

玉米地左侧，是一片繁茂的果园。鲜红的杧果、金黄的杨桃、翠绿的番石榴在枝头摇曳，沐浴在阳光下，散发着成熟果实特有的香甜气息。阿南西迅速蹲下身子，生怕被老奶奶看见。毕竟，他可不想被拉去干活。他舔了舔嘴唇，深吸一口气，感受着各色美味水果散发出的酸甜香气。

"这里的食物够我们吃上好几天了。"阿南西咧开嘴，笑得灿烂无比，脑海里已然浮现出全家人咬着烤玉米、吸吮甜杬果的幸福场景。田地里，老奶奶正专心致志地将摘下来的玉米放进篮子，完全没有察觉到阿南西的窥视。她戴着一顶黄色草帽，遮挡住刺眼的阳光。她嘴里哼着小调，愉快地采摘着玉米。阿南西眯起眼睛，盘算了起来。他得想一个既能把这些玉米弄到手，又不用自己动手采摘的办法。毕竟，他懒散惯了，哪里愿意为了一些食物亲自干活。

于是，阿南西悄悄爬上了巴拉塔树，稳稳地坐在长满樱桃般大小的果实的枝丫上，拿出了他的鼓。"我要为奶奶唱一首动听的歌，她一定无法抗拒这样美妙的音乐。"他低声笑着，张开嘴尽情地唱了起来。他的歌声嘹亮，直冲无云的天际。

"哎呀呀，哎呀呀，

跳吧，老奶奶，快跳起来！

哎呀呀，哎呀呀，

抬起脚来，舞动起来！"

当鼓声低沉的节奏传入老奶奶耳中时，她的肩膀开始不自觉地随着节奏摆动起来。阿南西用力击打鼓面，节奏逐渐加快。他用双手引领旋律翻飞起伏。老奶奶被音乐深深吸引，放下篮子，开始翩翩起舞。她用脚尖轻轻点地，打着拍子。她的臀部随音乐摇摆，膝盖轻弯，深绿色的裙摆在她身边飞舞。她轻盈优雅地滑行，宛如一只鹦鹉随音乐的节奏时而盘旋，时而俯冲。

"啊，这曲调真让人陶醉呀！"老奶奶欢快地说，随即纵身一跃，又优雅地落地。阿南西的歌声愈发洪亮：

"哎呀呀，哎呀呀，

跳吧，老奶奶，快跳起来！

哎呀呀，哎呀呀，

抬起脚来，舞动起来！"

加勒比的微风自南方轻轻吹来，穿过树枝与叶片。伴随着阿南西的鼓点节奏，风越吹越急，涌入玉米地，围绕着正在跳舞的老奶奶旋转。她举起双手，任由风托起她的身体，将她带走。她穿过田野，越过小山，渐渐消失在大山深处。看到老奶奶已不见踪影，阿南西立刻从树上跳下来，迅速将老奶奶辛苦采摘的金黄玉米全部捡起来，堆满怀中。他晃晃悠悠地把玉米搬回家，家里人见状都大吃一惊。

"快来看看，我给你们带回了什么！"阿南西一进家门便兴奋地大喊，脸上洋溢着得意的笑容。

"来吧，今晚咱们好好大吃一顿。"

他的妻子简直不敢相信自己的眼睛。"阿南西！你从哪儿弄来了这么多玉米？"她半信半疑地打量他。但狡猾的阿南西早已准备好了说辞。

"我可是在地里辛苦干了一整天活，顶着烈日，汗流浃背。现在，我只想跷起腿，好好休息一下，尽情享受丰盛的晚餐。"他一屁股坐下，看着家人围着他忙碌，心里庆幸今晚终于能吃上一顿饱饭了。妻子把玉米放在火上烤制，全家人围坐在一起，每个人的肚子都吃得鼓鼓的。

与此同时，可怜的老奶奶正慢慢走回自己的玉米地。当她抵达时，夕阳早已躲藏在树后，而她辛苦采摘的玉米已不翼而飞。

"我今天是怎么啦？肯定有人在捣鬼。"她轻叹一声，把这事抛在脑后，回屋休息去了。

第二天一早，阿南西迫不及待地再次向老奶奶的玉米地走去。那些金黄的玉米粒甜美无比，昨天的那点收获可满足不了他。"一个老奶奶要那么多水果和玉米干什么呢？"他自言自语道，"这些东西对她来说实在太多了，我拿走一些，也是为了帮她分担。"

阿南西一口气走到了玉米地。他看到老奶奶正站在杧果树下，采摘熟透的杧果。他悄悄爬上巴拉塔树，从怀中取出鼓，准备再次用音乐分散老奶奶的注意力，引诱她跳舞。他放声歌唱，声音高亢，直冲树梢之上。他知道，只要歌声响起，老奶奶一定会情不自禁地跳起舞来。

"哎呀呀，哎呀呀，

跳吧，老奶奶，快跳起来！

哎呀呀，哎呀呀，

抬起脚来，舞动起来！"

阿南西双手猛拍鼓面，歌声嘹亮，在空中回荡。老奶奶的肩膀又一次开始微微颤动，脚尖不由自主地开始轻点地面。没过多久，加勒比的微风随着鼓点的节奏飘来，吹拂到老奶奶身边，将她轻轻托起。她跳起舞来，旋转着，越过田野，越走越远，直至消失在视线之外。阿南西见状，迅速从树上溜下来，将老奶奶辛苦采摘的熟杧果全收了起来。他一边装，一边咯咯笑着，为自己的聪明才智扬扬得意。

"我可以一直来这里找食物，这样家里人永远都不会挨饿了。"他自言自语，心满意足。他知道，当他又带着满满一篮子食物回家时，妻子再也不会责骂他了。果然，他到家时，妻子热情地迎接了他。那一晚，他们像国王和王后一样，尽情享用了丰盛的晚餐。

或许你会以为，此时此刻，阿南西可能会为欺骗老奶奶的行为感到愧疚，或者对老奶奶的境况感到担忧，但他并没有，阿南西在意的只是下一顿饭该如何解决。因此，第二天清晨，太阳还未升起，他便再次出发，前往老奶奶的玉米地。他熟练地爬上巴拉塔树，静静等待老奶奶的到来。此时天刚蒙蒙亮，鸡鸣声还未响起。他仰躺在树枝上，自得其乐地笑着，自言自语地和自己开着玩笑：

"嘿嘿，不知道今天能免费拿到什么好东西？"

"呵呵,吃得少,活得长。"

阿南西乐在其中,完全没有察觉老奶奶已悄悄地走进了玉米地。她已经明白,是阿南西一再欺骗了她,正打算给他点教训。老奶奶提着篮子走向杨桃树,嘴里小声嘀咕着:

"阿南西呀你骗我,

忽悠人你羞不羞?

阿南西呀又骗我,

怪我太傻好糊弄。"

阿南西看到老奶奶走来,便迅速拿出鼓,唱起了歌。欢快的节奏立刻抓住了老奶奶的心神。她开始旋转,扭动腰肢,挥舞双臂,抬起脚跳起了舞。然而,这一次,当加勒比的微风飘然而至时,老奶奶却稳稳地站着,没有像前两天那样被风带走。她轻轻摆动着身体,向左滑行,向右摇曳,双臂优雅地在空中张开。

"这音乐真是美妙极了!"老奶奶一边说,一边随着鼓点翩翩起舞。阿南西在树上看着见她转动身姿,展示着各种舞步。他原以为老奶奶会再次随风舞动离去,但这一次,她并没有离开。阿南西双手击打鼓面,不知不觉间,自己的双脚也开始颤动,仿佛受到了旋律的召唤。

老奶奶的舞姿动人。阿南西看得如痴如醉,不由自主地随着节奏耸动肩膀,头也跟着轻轻摇晃。他忍不住想加入她的舞蹈。就在这时,老奶奶从树丛中跳出来,放声歌唱:

"哎呀呀,哎呀呀,

跳吧,阿南西,快跳起来!

哎呀呀,哎呀呀,

抬起脚来，舞动起来！"

于是，阿南西从树上一跃而下，和老奶奶一起在田间翩翩起舞。夜色中，他们的双脚在松软的泥土上轻盈起落，步伐欢快。

虽然老奶奶确实无法抵挡音乐的魅力，但她心里清楚，阿南西也同样难以抵挡舞蹈的诱惑。那一夜，阿南西一路踏着舞步回家，但是却两手空空，一无所获。

注　释

① 库米那是牙买加的一种宗教或精神信仰体系，结合了非洲传统宗教、基督教元素和本土文化。它有独特的仪式、鼓乐和舞蹈形式。参考链接：https://www.britannica.com/topic/Pukumina。

② 少年旅是一种青少年组织，类似于"童子军"，最早由苏格兰人威廉·亚历山大·史密斯（William Alexander Smith）于 1883 年在英国创立。其宗旨是通过准军事化的训练、露营、团队合作、体育运动和社区服务等活动，培养男孩们的纪律性、领导力和团队精神。参考链接：https://boys-brigade.org.uk/our-history/。

③ 约鲁巴人，西非尼日尔河下游的民族，主要分布在尼日利亚西南部，少数在贝宁南部（亦称"纳戈人"）和多哥南部（亦称"阿纳人"）。约鲁巴人相信万物有灵，部分信基督教新教和伊斯兰教。参考链接：https://www.britannica.com/topic/Yoruba。

④ 厄里歇神泛指尼日利亚西南部约鲁巴人崇拜的众神。尼日利亚东南部的埃多人，加纳、贝宁和多哥的埃维人，以及贝宁的丰人也对他们表示崇敬。尽管这些西非民族在祭拜神灵的仪式和神话细节上存在许多差异，但背后的宗教概念本质上是相同的。参考链接：https://www.britannica.com/topic/orisha。

⑤ 奥巴塔拉，厄里歇神中的一位神灵，被认为是人类的创造者。参考链接：https://www.britannica.com/topic/Yemonja。

⑥ 奥洛伦，约鲁巴宗教和神话中的至高神，被认为是全能造物主。他掌管着一群次级神灵，即厄里歇神。参考链接：https://www.britannica.com/topic/Olorun。

⑦ 瓜亚贝拉一般为亚麻或全棉面料，主要为白色、浅咖啡色和黄色。它的样式为长袖，小翻领，有 4 个贴兜，前后襟立式横褶，胸前衣襟上绣有花纹。据说，穿瓜亚贝拉可带给人智慧。参阅：

焦震衡,《拉美和加勒比国家象征标志手册》,社会科学文献出版社,2015。

⑧ 凯厄图尔瀑布位于圭亚那埃塞奎博河支流波塔罗河,是世界上最大的单级瀑布。参考链接:https://www.zgbk.com/ecph/words?SiteID=1&ID=539567&Type=bkzyb&SubID=228686。

帕奇·金

（牙买加）

我是帕奇·金（Patsy King），5 岁那年，我母亲独自离开牙买加前往英国。我满心渴望能和她同行，但那时她根本无力承担我同赴英国的费用。那份离别的痛苦，深深印刻在我心中，萦绕了很多年。接着，父亲也去了英国，而我依然留在家乡。我无数次梦想着与他们团聚，但是办理儿童移居英国的手续烦琐复杂。我又等了足足一年，那些烦琐的文件才终于被处理妥当。因此，我错过了克拉伦登一所学校的奖学金。

14 岁那年，也就是 1965 年，我终于离开牙买加，踏上了前往英国的旅程。我乘坐意大利的"阿斯堪尼亚号"（Ascania）邮轮，前往南安普顿。因为年纪小，船上的护士负责照看我。临行前，叔叔给了我一袋先令作为路费。船上还有许多来自不同岛屿的孩子，他们先耗费两周时间来到牙买加，接着搭乘"阿斯堪尼亚号"航行两周，最终才抵达英国。孤身远航的我，心中涌起一种长大的感觉。在船上，护士常常带我与船长和船员们共进晚餐。

当我们抵达英国时，天色已晚。四周昏暗且阴郁，烟囱中冒出的浓烟仿佛夜空中的幽灵，这便是南安普顿留给我的第一印象。映入我眼帘的，是一片片屋舍的背影，寒气刺骨，污浊肮脏，满目凄凉。这与我心中对英国的憧憬大相径庭。

父亲前来接我，把我带到他家。父亲是教堂的牧师，对我颇为严厉。他与母亲离异后已再婚，有自己的新家庭和孩子。我和这些孩子长相有些不同，而且我的英语说得比他们流利，因此我和他们的关系并不好。我甚至对周围的一切充满了厌恶。

父亲的家里没有浴室。我们必须前往公共澡堂与许多人挤在一起洗澡。而在牙买加，除了偏远的乡村，家里各种设施一应俱全。我总是不停地问父亲："什么时候带我去看妈妈？"她在我五岁那年离开了我，我时时刻刻都渴望着再次见到她。

几周后，父亲开车带我去哈勒斯登见母亲，她在那里的医院做助理护士。父亲给了我两个选择：要么随他回去，和他的新家庭一起生活；要么留下来和母亲住在一起。母亲家里有电视机，而且她性格温和开朗（不像父亲那般严厉），于是我选择了留下和母亲一起生活。随后，我去了卡姆登的哈弗斯托克综合中学读书，因为我的表兄也在那里上学。

我记得那时的大雪，纷纷扬扬，堆积在人行道旁。天气寒冷至极，我的手指冻得发紫，甚至得了冻疮。虽然我幸运地躲过了1962年那场骇人的大雾，但接下来的天气依然恶劣，能见度低得惊人。每天上学的路上，我必须紧紧跟着公交车走，几乎只有走在路中央，才能勉强看见前方的路。我还记得，英国人谈起我们，也就是黑人群体时，似乎总认为我们来自遥远的地方，而且又脏又不讲卫生。我常常想：你们从未见过我的家园，凭什么如此看待我们？

当时，英国人竟然在厨房水槽里给孩子洗澡，甚至自己也在厨房里洗澡。更不可思议的是，他们居然还用同一个水槽给狗洗澡，而那水槽，还是他们刷牙的地方。这种脏乱的生活方式令我震惊不已，但即便如此，我们仍然遭到他们的轻视。

尽管偏见和歧视无处不在，但在某些地方，人与人之间依然保留着一种邻里般的温情。每家每户的后门常常敞开着。孩子们坐在前院的婴儿车里，享受阳光和新鲜空气。路过的每个人都会停下来和他们逗趣聊天。邻里之间守望相助，情谊深厚。

在学校时，我对商务专业很感兴趣，但母亲却替我选了护理专业。我并不想做护士，因为我胆子小还怕血。离校前一年，我开始接触商务知识，进步很快，老师也对我印象深刻。然而，毕业后开始找工作时，我却处处碰壁，总是被嫌弃没有工作经验。最后，我只能去做文员，负责打字。母亲经济拮据，无法支持我继续学习深造，我的求学之路困难重重。那时，银行也不愿意为黑人提供贷款，这让我们的处境更为艰难。我们不得不放下分歧，努力和谐相处。为了攒钱买房，我们会把钱凑在一起，组建民间的"合会"（轮转储蓄与信贷协会），大家轮流领取一笔大额费用，用于购买住房。对大多数人而言，生活的确十分艰辛，这就是我们当时实实在在所处的境地。

在某种意义上，几代人的长期分离已然在一定程度上影响了我们的社群凝聚力，也削弱了我们相互支持并以此为基础共同发展的能力。我深信保存好我们的故事并了解我们的历史至关重要。这些故事是连接我们的纽带。我的祖父母常常给我们讲述阿拉瓦克人的故事和那些被掳至牙买加的人们为自己抗争的传说。为了自由，我们愿意战斗至最后一刻。这关乎生存，也关乎运用智慧前行。尽管我们的父辈在"温德拉什移民"时期来到了英国，但这股精神始终流淌在他们的血液中。

托尼·利物浦

（多米尼克）

我是托尼·利物浦（Tony Liverpool）。我父亲于1956年来到英国，那时我才刚出生。父亲是一名工程师，最初在一家机械加工厂干活，后来又转到巴特西发电站工作。然而，他很难挣到一份像样的薪水，也很难存下钱来。那时候，他不得不忍受与六个人挤在一间屋子里的艰难生活。几年之后，他终于能够将我们接到英国团聚。我们是一个大家庭，由三个小家庭组成，总共有十一口人。不过，并不是所有人都来了，哥哥和姐姐最先出发。我非常想念我的兄弟姐妹，那段分离的日子很难熬。

我在1964年来到英国，当时我才8岁。我们乘坐的是"阿斯堪尼亚号"，那段旅程的场景至今仍历历在目。我们从多米尼克北部的朴次茅斯登船，那是我第一次乘坐如此庞大的运输工具。人们行色匆匆，喧闹声此起彼伏，令人十分激动。我和母亲、姐姐同行，对8岁的孩子来说，那真是一场令人难以忘怀的冒险！

我们最初住在姨妈家里。后来，我们在佩卡姆蒙彼利埃路的一栋房子的楼上租了两间房间。学校的课程对我来说并不困难，虽然英国学校的氛围更为严肃和紧张，但我适应得还算不错。然而，我却常常想念故乡和从小生活的岛屿。我清晰地记得那些美好的时光，全家人一起住在大房子里，大家围坐成一圈，听父亲

讲故事。有时他会讲一些令人害怕的故事，警示我们，有时他会
分享祖先的历史。西印度群岛是一个充满灵性的地方，这些灵性
也深深融入进我们的神话故事。

诡计多端者的故事

这些故事饱含幽默，偶尔也夹杂着些许复仇的意味。考虑到这些故事流传的时代背景和社会环境，故事中的动物形象有些象征着那些有权有势的人，有些则代表着那些看似一无所有、弱小无助，但却能够凭借智慧最终赢得胜利的人。

海龟智斗老鼠

（圭亚那）

很久很久以前，生活异常艰难，那种艰难是"刮尽饭锅底"般的苦日子。那时，所有的岛屿都遭遇了可怕的旱灾，食物极为匮乏，难以满足人们的需求。所有人昼夜不停地寻找食物，日日夜夜谈论的也都是和食物有关的事情。你可曾注意到，即便是刚吃过一顿饭，人们还是会不自觉地谈论起下一顿该吃什么。而在这里，情况也是如此。食物越匮乏，所有人的话题便越是围着食物转："要是能吃上些甘薯，那该多好啊！"又或是："要是能找到些熟透的刺果番荔枝，就心满意足了。"

在某个炎热的清晨，海龟正懒洋洋地躺在罗望子树下乘凉。这时，老鼠慢吞吞地走了过来。他的毛发黯淡无光，长长的尾巴拖在地上，沾满了尘土。海龟抬起疲惫的头，和老鼠互致了问候。

"海龟，你最近过得怎么样？"老鼠问道。

"嗯，还好，挺好的。你呢？"海龟答道。

"再好不过了。"老鼠回答，心里希望自己的声音没有因饥饿而显得太过尖细。说实话，即便他们的日子过得不太好，他们也绝不会承认。而且老鼠这个家伙相当狡猾，他开始吹嘘起干旱其实对自己没有太大影响。

"你知道吗？海龟，我可以很长时间不吃东西。"他说道。

"真的吗？"海龟思索了一会儿，然后说道，"那我们何不比试一番，看看谁能在没有食物的情况下坚持得更久呢？"毕竟，海龟可是一个喜欢挑战的家伙。

老鼠的肚子已经饿得凹陷下去。他的皮肤紧绷，像制作精良的鼓皮一样，但他绝不会拒绝海龟的挑战。

"比赛？没问题。"老鼠轻松地答道。毕竟，他可是一只生命力顽强的丛林鼠，早已习惯了食物的匮乏。

他们约定，各自为对方挑选一棵树，并轮流守候在树下，直到那棵树结出果实，其间不得进食任何东西。老鼠选了一棵李子树，让海龟先守在树下。老鼠在李子树周围筑起了一道篱笆，而海龟则安然自得地蜷缩在纤细的树干旁。

一个月后，老鼠回来看望他的朋友。"海龟，你还好吗？"他的声音里透出难以掩饰的窃喜。

"我很好，谢谢你的关心。"海龟的声音响亮而清晰。第二个月过去后，老鼠觉得海龟必定正在遭受饥饿的煎熬。他慢悠悠地走到李子树下，向他的朋友问好："海龟，你还好吗？还活着吗？"

谁知道，海龟依旧能用轻松的语气回应他。这样的情景持续了几个月之久。老鼠不时前来探望，把鼻子伸进自己筑起的篱笆缝里，小心窥视。他会叫唤海龟，满心期待着听到海龟乞求食物的声音，然而海龟总是精神抖擞，毫无颓色。

不久，那棵李子树便开花结果了。酸甜交织的果实在烈日的照耀下如同钻石，它们从高处挂下来，仿佛在调皮地戏弄树下的海龟。终于，大批熟透的果实如雨点般坠落，洒满地面。海龟饱餐了一顿，肚子吃得圆滚滚的。

接下来，轮到老鼠上场了，海龟为他选了一棵挺拔的腰果树，让老鼠在边上守候。海龟围绕着粗壮的树干筑起了一道篱笆，对老鼠说："你就守在这树下，可别跨出篱笆。"

一个月过去后，海龟前来探望老鼠。"你还好吗？伙计。"

"我挺好。"老鼠努力装出轻松的语气回答。又过了一个月，海龟再次前来探望老鼠，他大声喊道："伙计，你还撑得住吗？"这一次，老鼠的声音听上去有些虚弱："还不错，只是有点累了。"

到了第三个月，海龟慢悠悠地爬到篱笆旁，大声喊道："老鼠，现在感觉怎么样了？"然而，他没有听到任何回应。海龟探头越过篱笆一看，只见老鼠的尸体倒在树下。原来，老鼠不知道，腰果树每隔三年才会结一次果呀。

阿南西和獴

（牙买加）

很久很久以前，阿南西和獴被邀请到当地的农场干一天活。他们在炽热的阳光下辛勤劳作了一整天，农夫给他们椰子水解渴，并告诉他们关于报酬的事。

"来我的谷仓，你们会看到地面上有两根绳子，一端在屋内，一端垂落到窗外。你们各自挑选一根喜欢的绳子拉上来，绳子另一端的东西就归你们所有了。"阿南西和獴跟着农夫走进谷仓，果然看到地面上摆着两根绳子，绳子的另一端都垂在窗外。一根又细又长，另一根则又粗又重。

你一定能猜到，阿南西看上了那根粗绳。他急忙跑上前去，宣布道："这根是我的！我先抢到了！"他紧紧抓住粗绳，心中开始幻想——绳子另一端挂着的是一大笔财富。

獴则小心翼翼地走近，捡起了那根细绳，两人都开始用力拉动手中的绳子。农夫站在谷仓的一角，摇着头，忍不住笑出了声。

"哎呀呀，这根绳子的那头一定挂着个又大又诱人的好东西！"阿南西一边用力拉扯那根粗重的绳子，一边喘着粗气说道。獴则不慌不忙地拉着他那根细绳，心里想着只要能拿到些什么，他就满足了。然而，他们谁也没想到，农夫早已将一头壮硕的牛系在了那根细绳上，而那根粗绳的另一端却只系着一只瘦弱的小鸡。

当獴看到自己拉上来一头壮硕的牛时，不禁吹了一声长长的口哨："呜——瞧瞧这个！真是个大惊喜啊！"另一边，阿南西拉起粗绳后，却发现绳子末端只吊着一只瘦小的鸡。他心里很不是滋味，但他并没有表露出来，反而装作开心地唱道："哦哦哦，今晚可以吃上美味的烤鸡了！"

分别时，阿南西热情地邀请獴去他家里过夜，他对獴说："獴啊，你今天辛苦了一整天，在我家歇一夜吧，明天再上路。"

单纯的獴觉得这是个不错的提议，便答应了狡猾的阿南西的邀请。然而，当夜深人静，獴沉沉入睡时，阿南西偷偷摸摸地溜到院子里，走向拴牛的地方。他快速割下了牛尾巴，然后将獴的牛牵到屋后的小树林里藏了起来。接着，狡猾的他将牛尾巴埋进地里，只留出一小截毛茸茸的部分，露在土外。

第二天清晨，阿南西用新鲜的鸡蛋招待獴，獴吃了一顿美味的早餐。餐后，獴起身准备去牵牛，他对阿南西说道："阿南西，谢谢你的早餐，我现在就要启程回家了。"两人一起慢悠悠地走到前院，阿南西突然发出一声惊天动地的哀嚎："哦！不！獴啊，你也太倒霉了！"

他站在伸出地面的牛尾巴旁，装出一副惊恐的模样。"你的牛大概是想去地底散步，结果被卡了！"

阿南西双手抱头，故作悲伤地继续说道："快点！獴，你得把它拉出来！"

獴简直不敢相信自己的眼睛。他急忙跑到牛尾巴前，用力一拽，尾巴立刻从地里被拔了出来。獴呆立在原地，手里只剩下一根光秃秃的牛尾巴。阿南西则更加声嘶力竭地喊叫了起来："哦！不！獴啊，你看你做了什么！你把你的牛弄丢了！"

獴震惊得说不出话来。阿南西抱住他的肩膀，一脸假惺惺地安慰道："别伤心了，我的朋友。你可以用这尾巴煮一锅美味的牛尾巴汤。"

可怜的獴听了阿南西的话，忍不住放声大哭："我不要牛尾巴汤！我只想要我的牛回来！"

阿南西立刻装出一副"好心"的模样，说："这样吧，让我来帮你。你把我的小鸡带走，算是补偿你。我实在是为你感到难过啊，獴。"

獴拒绝了阿南西的提议："我不要你的鸡。我可是满心想着吃牛肉的。"他低着头，感谢了阿南西的盛情款待，然后向自己家的方向走去。

獴的身影渐渐消失后，阿南西高兴得手舞足蹈，在院子里跳起了胜利之舞："哈哈，现在牛和鸡全是我的了！"

杰克·曼朵拉，听来是啥就讲啥。[①]

鸡与鬣狗

（牙买加）

某个晴朗的日子，森林深处，布瑞尔鸡②正在为晚餐忙碌着。他心情愉悦，捡来了一些树枝和灌木，堆在一棵茂密的巴雅翁树荫下。他唱着自编小调，燃起了火堆。烟雾如丝带般在树叶间升腾，在他头顶飘舞：

"我有甘薯还有大蕉，

混上山药，捣成膏膏。"

他用一根长棍戳啊，捅啊，拨弄着火堆，并细心地给甘薯和大蕉翻个儿。"嗯，快好了。"他想。此时正值黄昏，森林里夜间小生灵的声音此起彼伏。萤火虫成群结队地在灌木丛中飞舞，它们的身体在黑暗中闪烁着点点亮光。树蛙紧贴在枝干上，正在热嗓子，准备在夜晚呱呱地合唱。它们鼓鼓的红眼睛在黑暗中尤为耀眼。

远处，鬣狗气喘吁吁、满脸懊恼。他与同伴走散了，心里想着他们可能正在哪里享用刚猎获的美味。此时，烤甘薯和熟大蕉的香味在森林中穿梭，绕过高大的蕨树，一路钻进了鬣狗的鼻孔，直抵他空空的肚子。

鬣狗悄无声息地穿过森林，循着香味前行。他看见了一个火堆，火堆旁站着布瑞尔鸡，他正舔着嘴，悠然自得地唱着小调：

"我有甘薯还有大蕉，

混上山药，捣成膏膏。"

"晚上好。"鬣狗的声音粗哑得如同脆生生的坚果。

"呃——呃！"布瑞尔鸡吓得往后跳了一步。他缓缓转动脖子，从左到右。他眨巴着眼睛，透过火焰看去。虽然四周空无一人，但那声音，却无比熟悉。

"是你吗，鬣狗？"

"我饿了。"鬣狗隐匿在暗影中。

"哎哟，我这有足够的食物，烤甘薯、熟大蕉。你可以跟我一起分享。"布瑞尔鸡客气地提议。

"我饿了。我想吃鸡。"

布瑞尔鸡立刻后退，眼睛飞快地在树丛中扫视，寻找逃跑的路线。但是他清楚地知道自己跑不过鬣狗。

"听着，等一下，"布瑞尔鸡急忙说道，"不如让我先把晚餐吃完，然后你再吃我？肚子饱饱的鸡总比肚子空空的鸡更可口吧。"

鬣狗从暗影中走了出来，露出真容。他黑色的眼睛里带着杀气，张开的血盆大口仿佛随时要发出狂笑。

"求你了，鬣狗，让我赶紧把晚餐吃完，之后你再吃我。"布瑞尔鸡的声音里满是哀求，鬣狗最终答应了他的请求。毕竟，肚子里装满甘薯和大蕉的鸡，确实是道美味。

布瑞尔鸡不紧不慢地啄食柔软的甘薯。他小心翼翼地吹凉烫手的薯皮，喙尖缓缓地上下移动，伴随着吞咽时发出的响亮声响。

鬣狗向前迈出一步，准备扑上去。

"哎哟哟！别那么急啊，鬣狗，给我点时间吧！"此时，布瑞尔鸡羽毛凌乱，异常紧张。

他开始去剥烤焦的黄色大蕉的外皮，并说道："鬣狗，你真的不想尝尝甘薯和大蕉吗？这儿还有很多呢。"

"快点吧，布瑞尔鸡，我已经等不及了。"鬣狗正幻想着如何烹制一锅香喷喷的咖喱鸡，突然，他敏锐的耳朵捕捉到一声低沉的咆哮。他抬头一看，两只琥珀色的眼睛正透过草丛闪闪发光。接着，一张黑色条纹的脸慢慢显现，随后出现的是老虎威严的身影。

"呃！老虎，见到你真是太好了！"布瑞尔鸡笑着说道。

"哦，这是什么场面？鬣狗和鸡竟然一起吃起晚餐了？"老虎绕着火堆踱步，目光在两者之间来回游移。布瑞尔鸡擦了擦额头上的冷汗，赶紧向老虎解释："鬣狗想吃了我，他甚至不让我好好吃完这顿晚餐。"

"嗯，真是有趣。"老虎伸出前爪，懒洋洋地伏下身子，厚重的身躯压在地上。

"布瑞尔鸡说得没错，让他先吃完晚餐吧。"老虎的话语像毒箭一样刺入鬣狗的心。鬣狗咬牙切齿，发出低吼。

"然后，"老虎拖长了声音说，"你就可以吃他，而我也可以吃了你！"

一瞬间，森林的夜晚陷入了死寂。猴子的嚎叫停止了，蚊子的嗡鸣消失了，就连老鼠的窸窣声也销声匿迹，弥漫着烤食物香味的甜美空气似乎也随之散去。

"吃了一肚子鸡的鬣狗，想必是一道美味的大餐。"老虎笑着说。

或许你知道，鬣狗跑得很快，他们常成群结队捕猎大块头的猎物，但他们并不是聪明的动物。实际上，说他们反应迟钝一点也不为过。而布瑞尔鸡却是个足智多谋的角色，他一边点头应和老虎，一边咽下了最后一块甘薯。

"吃了这么多东西，我真的渴死了，"布瑞尔鸡大声说，"请允许我去那边的小溪喝口水，让这些食物下肚吧。"老虎认为这个请求可以接受。毕竟人人都知道布瑞尔鸡行动缓慢，身体虚弱，脚如细棍，走起路来一摇一摆，绝对跑不了。老虎的目光紧紧盯着鬣狗，他们一起等着布瑞尔鸡喝完水回来。

布瑞尔鸡一走出老虎和鬣狗的视线，便拼命地奔跑了起来。他左拐右拐，七弯八绕。没过多久，速度便足够快了，他扑腾着翅膀飞了起来。虽然飞得不高，仅仅离地约十尺，但已经足够让他摆脱那两只猛兽的追捕了。

阿南西、老虎和魔凳

（牙买加）

在遥远的过去，猴子掌管着裁决、断案的权力。无人知晓他是如何得到这份权力的，但他却稳坐于一座无墙无门的宫殿之中，并设立法庭，在林间为众生裁判是非。

故事是这样的。据说那宫殿内有十张神奇的凳子，其中九张完全相同，约两尺高，皆以颜色最深的红木精雕细琢而成。第十张凳子却截然不同，它虽然与其他凳子形状相似，却是由纯净、坚实、闪亮的黄金铸造而成的。木凳被摆成一圈，而金凳则在圆圈中心。

猴子与他的审判官们会在藤蔓间穿梭往来，守卫这些凳子，倾听诉讼与争执。任何被控诉犯下罪行的人，都会被带到猴子面前。他们被要求依次踏上十张神奇的凳子，边走边数数。如果他们的确有罪，这些凳子便会知晓。当被告站上第十张金凳时，若其罪名成立，便会瞬间摔落，一命呜呼。这就是传说中的审判规则，无人胆敢违抗。

接下来我要讲述的是那不寻常的一天。那天，审判竟引发了一场轩然大波。最开始，山羊起诉狗和螃蟹，说他们偷了山药，请求猴子裁决。许多人赶来围观，想要一睹这场审判的结局。那时候，死刑判决还带着些供人们取乐消遣的意味。蜥蜴在罗望子树上选了个好位置，倒挂在树枝上。老鼠带着一家七口，沿着灌木丛一路排开。猴子披上了特制的暗红色长袍，那是审判日专用的衣裳。他端坐在竹制的宝座上，嘴里嚼着一块甘蔗，目光从上往下，落在了狗的身上。

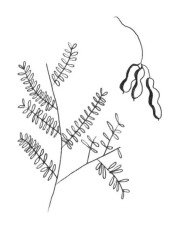

罗望子（TAMARIND）

"你被指控偷了山羊的山药，还与螃蟹分食。你有什么想说的吗？"猴子严厉地问。狗紧皱面庞，黑色的眼睛几乎被脸上长长的黑毛遮住。他撇起嘴唇，愤怒地咆哮。怎么也无法相信自己竟然需要向猴子交代。

"我没偷他的破山药！山羊是个骗子！"狗吠叫着反驳。

猴子命令他踏上那十张魔法凳子，开始数数，接受命运的审判。狗爬上第一张红木凳子，大声喊出："一！"他边走边数，一直数到第九张红木凳子。然后，他迈上第十张金光闪闪的凳子，大声喊出："十！"就在这一瞬间，他突然倒下，一命呜呼。

这一幕引发了巨大的骚动。狗的家人开始哀号、恸哭，各种吠叫和咆哮声此起彼伏。他们悲伤、愤怒，却无处发泄。在这片混乱中，没有人注意到老虎一直悄悄地在法庭的边缘踱步。他的眼睛血红，肚子空空，迫切地需要杀戮，获得猎物。在狗的家人准备带走他的尸体时，老虎猛地扑了上去。他修长的身躯落入圈中。接着他露出白色的利齿，咬住狗的脖子。随后，老虎迅速窜入森林，消失得无影无踪。场面顿时一片混乱。猴子尖声叫喊，怒不可遏。身旁的审判官们则惊慌失措，有的跳上了树，有的爬向高处。

动物们四散奔逃，藏匿不及。这样的情景接连几天连续上演。老虎在法庭上肆虐。每当有动物来到审判席，踏上第十张金色凳子倒地毙命后。老虎便会从灌木丛中扑出，在法庭上掀起腥风血雨。猴子和其他审判官被吓得魂飞魄散，纷纷逃离。法庭最终落入老虎之手，这正合他的心意。

老虎舒展着身躯，懒洋洋地躺在竹制的宝座上，双腿随意地搭在一旁，等待着下一个猎物的到来。这一次轮到了螃蟹。他横着身子爬了过来，想要为自己好好申诉一番。他原本以为会看到猴子回到审判席上，然而，迎面而来的却是老虎。

"哦，对、对不起，老虎大人，我是来找猴子的。"螃蟹战战兢兢地说道。

"猴子不在，现在由我主持。"老虎舔了舔爪子，脸上浮现出一抹狡诈的笑容。

"数凳子吧，螃蟹，让我们看看会发生什么事。"

螃蟹试图侧身爬开，但无济于事。老虎朝着他大吼一声：

"我说，数！凳！子！"可怜的螃蟹毫无选择，只得照办。他爬上凳子，边数边走。当他踩到圆圈中心的第十个金色凳子时，立刻倒地身亡。老虎发出一阵狂笑，随即用锋利的爪子将螃蟹捡起，一口吞下，"咔嚓"一声，享受了一道美味的佳肴。不难想象，整个森林被恐慌笼罩。所有的动物都在谈论老虎，谈论老虎如何控制了整个森林。当这个消息传到我们聪明的朋友阿南西耳中时，他知道自己必须除掉老虎这个祸害。

于是，阿南西踏上旅程，前往法庭，一路上他绞尽脑汁想着对策。就在这时，他撞见了智慧老妇人[③]。

"阿南西，你是要去法庭吗？"老妇人问道。

"是啊，老妇人，是的，"阿南西点了点头，却没有停下脚步，"我有重要事情要做，没时间多说话。"他试图快步走过，却没想到老妇人还没说完。她轻轻拍了拍腰间挂着的一袋草药，说道："我想，你需要我的帮助才能击败老虎。"

阿南西正心烦意乱，哪有心情和她闲聊，哪怕她是智慧老妇人。"我以后再找你聊。"他随口应付，推开老妇人，头也不回地继续赶路。

老妇人摇晃着手中的拐杖，在他身后愤怒地喊道："阿南西，你会后悔的！我可是有许多法术的！许！许！多！多！"

阿南西来到法庭，老虎像一位新登基的君王，趾高气扬地走来走去。他身披猴子那件特制的深红色长袍，袍子垂下遮住了他身上的黑色条纹，只露出雪白的爪尖，轻轻在宝座周围的地面上敲打。

趁着老虎尚未发觉，阿南西悄悄爬上了一棵香蕉树。他舒舒服服地倚靠在枝丫上，剥开一根香蕉，看起来像已经在那里待了一整天。老虎抬头看到了他，见他如此从容，气得怒吼道："阿！南！西！你在这里干什么？"他对这个狡猾的家伙一向没有好感，也毫不信任。他知道阿南西肯定又在打什么鬼主意。

阿南西挪了挪身子，以便让自己在树上坐得更舒服一点，微笑着回答："哦，我只是在思考呢。"

"思考什么？"老虎盯着树上的阿南西问。

"嗯，"阿南西说，"我只是在想，我真是太聪明了。"他的嘴角随之扬起得意的笑容。阿南西知道怎么样打击老虎的自尊心。

老虎恼怒地大吼："阿南西，如果你真这么聪明，就下来数数这些凳子！"老虎在树下不安地绕着圈，眼里闪过一丝狰狞，仿佛已经看到阿南西在自己利齿间挣扎的模样。

"好吧，好吧，不过你得先退开一点，我需要点空地方，老虎。"老虎半信半疑地后退了几步，阿南西则整理了一下思绪，从容地爬下树。他一步步走向第一张深色红木凳，神情泰然，丝毫不见紧张之色。

这一切让老虎更加恼火。他命令道:"快点数,别磨磨蹭蹭!"于是,阿南西一边走,一边开始数凳子。

"一、二、三、四、五、六、七、八。"老虎眯起眼睛,盯着阿南西的一举一动。他迫不及待地想扑向阿南西的尸体。

"九……"阿南西突然停下脚步,慢悠悠地说道:"还有中间的最后一张凳子。"老虎愣住了,嘴巴微张,满脸震惊。他一时之间不太明白发生了什么状况,只觉得阿南西的数数有些不对劲。

"重新数!好好数!阿南西,别胡说八道!"老虎怒吼道。

"好吧,好吧,别急嘛!"阿南西笑着说道,"我也不知道出了什么问题,不过既然你坚持,我就再数一遍。"他慢悠悠地回到第一张凳子,又开始数起数来。

"一、二、三、四、五、六、七、八、九……"阿南西突然再次停下脚步,随口说道:"还有中间的最后一张凳子。"

"不是这样!不是这样!"老虎狂吼道,"你真是个蠢货,阿南西!你数得不对。看着,我来告诉你正确的数法!"他一边怒吼,一边甩掉披风,猛地跃上第一张凳子,开始一张张数过去。"一、二、三、四、五、六、七、八、九、十!"就在老虎踏上第十张黄金凳子时,他的身体猛地一僵,随即轰然倒下,气绝身亡。

阿南西看着眼前的情景,脸上露出得意的笑容,嘴角勾起大大的弧线。突然,他发现灌木丛中隐约露出了智慧老妇人的身影。他不禁心生疑惑:她来这里干什么?有什么事情和她有关吗?

　　他正准备挥手将智慧老妇人赶走,却突然看到老虎巨大的身躯从地上缓缓立起。只见老虎挺直身躯,站得笔直,仿佛重获生机一般。老虎摇了摇头,神情恍惚,仿佛刚刚从迷梦中醒来。

　　阿南西猛地向后一跳,满脸惊讶,怀疑自己是不是看错了。那的确是老虎,但复活的老虎少了一分嚣张,多了一分羞赧。老虎低头查看自己的身体,确认没什么问题后,转身一瘸一拐地走进了森林深处,身影渐渐隐没在树林之间。

　　这时候,智慧老妇人发出一声低沉而爽朗的笑声:"阿南西,你以为自己聪明绝顶。但我早就告诉过你,我是有法术的,许多许多的法术!"她拍拍腰间装满草药的袋子,随即也消失在森林中。从那以后,竹制的王座便无人问津。再也没有人想统治这里。

　　这便是老虎如何死而复生,以及为何猴子宁愿藏身树上的故事。

猫咪南加托

（波多黎各岛）

不久之前，在遥远的他方，多山的波多黎各岛上、巍峨的塞罗德蓬塔巨峰旁，坐落着一个老鼠的村落。这里位于庞塞市以北，阳光明媚，雨水充沛。老鼠们在这片富饶的土地上过着安宁的生活。他们的家园被大自然的瑰丽景色环绕，这里野花盛开，棕榈树摇曳，水晶般清澈的瀑布潺潺流淌。白天，他们在田间辛勤劳作；夜晚，他们则在歌舞与美食中尽情欢庆，直到深夜。

村里的老鼠们彼此关怀，相互扶持，在备受尊敬的阿布丽塔④——也就是村里的老祖母——玛丽察（Maritza）的关爱与指导下过着安逸的生活。每逢周六夜晚，玛丽察会召集全村老鼠召开会议，静心倾听他们的忧虑、想法与诉求。无论是谁前来向她倾诉，她都会安静地聆听。她有时微微点头以示支持，有时轻声责备表示不赞同。她睿智又备受尊敬，她的建议与调解总能化解纷争，让村庄始终保持和谐与安宁的氛围。

每次会议结束后，老鼠们都会准备一场丰盛的筵席。所有老鼠齐聚一堂，共享美食。他们细小的牙齿咔嗒作响，长长的尾巴轻轻摇摆，在夜色下翩翩起舞，悠扬的歌声飘荡在静谧的夜空中。

就在一个温暖的傍晚，年迈的老鼠圣地亚哥（Santiago）缓缓踱步走到玛丽察身边，低声耳语。他的脸色灰白，语气沉重。话音刚落，玛丽察便惊愕不已，忍不住用手捂住了嘴巴。

村里的老鼠们纷纷停下手中的活计，疑惑地望向玛丽察和圣地亚哥。究竟是什么可怕的事，竟然不能像往常那样公开讨论？要知道村中从无隐秘，每件事都在众鼠之间公开商议。

玛丽察举起手，示意老鼠们安静。所有的老鼠都因不安和恐惧而微微颤抖，挤在一起，屏息静听她接下来的话语。

"孩子们，我刚收到一个令人震惊的消息。它关系到村里每一只老鼠的安危。"玛丽察停顿片刻，谨慎地斟酌着措辞，随后她继续道，"圣地亚哥前往山谷探望他的表姐时，发现了一只巨大的黑猫。这只猫名叫南加托（Nangato），刚刚搬来农场。"

"一只猫！"一些年轻的老鼠尖叫道。

"一只巨大的猫！"一些年长的老鼠也惊恐地尖叫了起来。

一阵骚动骤然掀起，老鼠们你一言我一语。质疑、恐慌以及可怕的猜测——各种声音此起彼伏。

"圣地亚哥，告诉我们你看到了什么！"老鼠们齐声呼喊，目光纷纷投向那只年长的老鼠。于是，圣地亚哥走到台中央，开始详细讲述自己发现那只巨大的黑猫的经过。

每隔一段日子，圣地亚哥就会去表姐家做客。表姐做的油炸大蕉味道一流，无人能及。那天一早，太阳刚升起，他便出发了。他先穿过潺潺流淌的小溪，从那里远眺，可以透过山峰，俯瞰整座岛屿。接着，他沿着溪畔蜿蜒的小路，随着水流曲折前行。然后，他迅速穿过主干道上来往飞驰的车流，十分惊险。靠近农场时，熟悉的鲜咖啡香气从田间飘来。当他正准备跳向表姐住的牛油果树下时，突然听到一丛灌木下传来一种不寻常的声音，那是低沉的咕噜声，像是喘息的猫叫。

"我感觉到有些不对劲，立刻停下，警觉地四下张望。我的胡子不停地抽动。我嗅了嗅空气中的味道，突然看到表姐躲在一块岩石后。她看起来惊恐万分，挥手示意让我过去。我立刻飞奔过去，小声问她出了什么事。她却用手指抵住嘴唇，示意我别说话。"

圣地亚哥故意停顿了片刻，扫视了一眼所有期待他讲下去的老鼠们，他们亮晶晶的小眼睛里满是焦虑与紧张。

"她拉着我靠近房子的侧面，我们伏身藏进草丛，透过草叶的缝隙悄悄窥探，然后——我看见了他！"

老鼠们的惊呼声此起彼伏，纷纷想象着圣地亚哥看到的惊心动魄的一幕。

"他长什么样子？"一只老鼠问。

"快说！快告诉我们！你看到了什么？"另一只老鼠急切地追问。

"就在朱红的木槿花瓣间，我看到了一颗巨大的黑色头颅，是那只名叫南加托的猫。他正躺在草丛中，舔着漆黑的皮毛。长长的粉红色舌头从巨大的嘴巴里迅速伸出，又猛然缩回，就像这样。"圣地亚哥一边说着，一边猛地弹出舌头，如同毒镖一般射出，引得周围的老鼠发出一声声惊叫。

"Tío，圣地亚哥叔叔，他看见你了吗？"他的侄儿紧张地问。

"没有，他没有发现我。我以最快的速度赶回来向大家示警。"圣地亚哥说完，老鼠们为他的勇气报以一次次热烈的掌声。

祖母玛丽察再次举起手，示意老鼠们安静。

"大猫南加托对我们的村庄和生活是个极大的威胁。我们必须想出一个能保护大家的办法。"她鼓励老鼠们畅所欲言，提出建议。然而，没有一只老鼠开口。恐惧如同使人失声的毒药，封住了每一张嘴。连圣地亚哥也想不出什么良策，甚至担忧会有更多的猫潜入这片山野。玛丽察思索片刻，最终决定既然别无选择，便只能试着与南加托交好。

"若我们主动表示善意，盛情款待，他也许能明白没必要伤害我们。"此言一出，老鼠们面面相觑，满脸怀疑。他们一向信任玛丽察，平日里也习惯听从她对各项事务的决断。可这次的计划实在太过冒险，一旦失败，老鼠们将付出惨重的代价。

"我会亲自前去拜访大猫南加托。"玛丽察宣布道。此言一出，村中顿时响起一片反对之声。谁都不愿让敬爱的祖母身陷险境，可又没有任何老鼠愿意代替她前往。于是，只能如此决定。次日一早，玛丽察动身前往农场，计划在那里与南加托面对面，伸出友谊之手。

当夜幕悄然退去，远遁至世界的另一端时，玛丽察踏上了拜访南加托之路。她灵巧地跃下山坡，蹦跳着翻过岩石，飞快地掠过草丛，整整一个上午未曾停歇。正午时分，烈日当空，如金色火球般炙烤大地。在这最热的时候，玛丽察在一棵木棉树下的苔藓丛中稍事歇息，然后继续赶路。那天晴朗无云，碧空如洗。翻过最后一道山丘时，她看见大猫南加托正懒洋洋地伏卧在一棵椰子树下打盹。玛丽察在山顶驻足，朝下方大声喊道："南加托先生！是我，玛丽察奶奶。"

南加托懒洋洋地睁开一只眼睛，立刻看见了来访的老鼠。原来这就是大名鼎鼎的玛丽察奶奶。他思忖着自己是否能从躺着的地方猛扑过去，直接把她扑倒。但玛丽察站在安全距离之外，他没法一下就跳得这么远。于是，南加托站起身，向玛丽察打了个招呼，问道："小老鼠，你来这里有何贵干？"

玛丽察毫无畏惧，语调平和而自信："好邻居，我是来邀请您参加我们村子即将举行的宴会。我们愿与您为友，和睦相处，共享太平。"南加托起初有些怀疑，心想这会不会是个陷阱。然而，他很快就打消了这个念头。毕竟，一群小小的老鼠又能拿他怎么样？

"多谢你的美意，"南加托"喵"了一声答道，"我非常乐意前去。明天日落前，我一定会前来拜访你们的村庄。"

玛丽察回到村庄，将那只巨大的黑猫即将赴宴的消息告诉了所有老鼠。老鼠们兴奋得四处乱窜，忙忙碌碌地筹备盛宴。他们将色彩斑斓的灯笼和彩带悬挂在空中，不停地高喊："Una fiesta! Una fiesta! 狂欢节！狂欢节！"他们一边大声呼喊，一边忙着搅拌、翻炒、炖煮心爱的食物。豆饭在锅中慢慢炖煮，直到稻米与豆子的醇厚风味交融，再配上蒜瓣、辣椒与各式香草，慢火腌制。满满的青香蕉馅料被塞进细心折叠的芭蕉叶中，风味独特的帕斯泰勒糕就制成了。还有新月状的安普纳德馅饼在热油中被炸至金黄酥脆，令人垂涎欲滴。

第二天一早，一切准备就绪。老鼠们翘首以待，静候贵客光临。一只值得信赖的老鼠被派去迎接南加托。此时，南加托正慵懒地伸展四肢，沐浴在晨曦之下。心里盘算着如何在宴会上发起突袭，多抓一些老鼠尽情享用。然而，他很快就打消了这个念头。老鼠们灵巧敏捷，随时能钻回自己的藏身处，让他空手而归。他需要一个更高明的计策。

宴会开始了，老鼠卡洛斯（Carlos）鼓起勇气，引领南加托步入村庄。当那只巨大而漆黑的猫慢悠悠地走进鼠群时，老鼠们顿时鸦雀无声。南加托长长的黑尾巴垂挂下来，白色的尾尖几乎拖在地上。他步履缓慢，杏仁状的眼睛环视四周，将景象尽收眼底。老鼠们簇拥着他，欢呼雀跃，粉色的小脚尖轻轻跺地。至此，盛大的宴会正式开始。南加托用老鼠们的碗品尝美食，用他们的杯子啜饮美酒，听着他们吟唱勇敢老鼠闯荡四方的传奇歌谣。

直到深夜，他才伏在自己雪白的爪子上，闭目睡去。而老鼠们依旧狂欢不止，直至黎明。他们沉浸在巨大的喜悦中，为能与昔日的天敌缔结友谊而欢欣鼓舞。随着朝阳升起，鼠群渐渐散去，各自回家安睡。只留下南加托独自躺在皇家棕榈树下，银边的叶子在微风中轻轻摇曳。临近正午时分，一只老鼠鼓起勇气，捡起一根细树枝，小心翼翼地戳了戳南加托。

"南加托，该起床啦。La fiesta terminó! 宴会结束啦！"他用细树枝在猫的头顶敲了几下，但南加托依旧纹丝不动。老鼠壮着胆子凑近，仔细打量猫的脸。然而，南加托仍然毫无反应。

"猫！死！了！"那只老鼠尖声喊道。他在村子里四处乱窜，大声呼喊："南加托，那只又大又黑的猫死了！"其余的老鼠都被惊醒了。他们纷纷打着哈欠，睡眼迷糊地从家里爬出来，想亲眼看个究竟。祖母玛丽察仔细检查后，点头同意，认为南加托确实已经死了。

"我们得好好埋葬他。"她郑重宣布,"这才合乎礼数。"老鼠们一致同意,同时松了口气,毕竟死了的大猫就不再是威胁了。于是,几只老鼠开始挖坑,用来安放南加托的尸体。另外的老鼠则编织树叶,制成担架。他们一边干活、一边哼唱着歌谣,直到一切准备妥当。然后,一大群老鼠又费了九牛二虎之力,将南加托庞大的身躯抬上担架。他们用花朵覆盖他的身体,然后在周围站成一圈。六只体格最强壮的老鼠跃入墓穴底部,等待接应担架。随着担架缓缓落下,他们小心翼翼地让南加托的尸体一点点沉入地底深处。

当担架碰触到墓穴底部,六只老鼠正要爬出来时,南加托突然睁开眼睛,从担架上一跃而起。他像闪电般扑向墓穴里的六只老鼠。他们惊恐万分,四处乱窜,试图爬出墓穴。然而,南加托的爪子轻易地将他们的身体撕裂。地面上的老鼠眼睁睁看着朋友被南加托吃掉,恐惧地惊声尖叫,声嘶力竭地哀求南加托住手,但南加托丝毫没有停下的意思。无计可施的老鼠们只能纷纷跑入山林,四散奔逃。他们侥幸逃脱,躲藏在岩石与草丛之间,心中满是失去朋友的悲痛。而南加托舔着爪子,迈着惬意的步伐踱回农场,心满意足,得意扬扬。

这正是直至今日,老鼠们再也不会相信一只睡着的猫的原因。

阿南西与"火"

（牙买加）

从前，有个女孩名唤"火"，她的光彩让人忍不住想要靠近。她明亮、自信、充满活力。无论何时，只要她在场，众人的目光便汇聚于她，因为她身上仿佛有一种令人着迷的气质。黄昏时分，人们环坐在她周围，讲着故事。热带的夜里，蟋蟀轻鸣，萤火虫宛若点点仙灯，在草间闪烁，而"火"炽热的火焰，则为众人带来温暖与慰藉。

若有舞会，必有"火"的身影。她身着红黄交织的"衣裳"，耀眼夺目。她踩着漂亮的舞步，时而向左掠去，时而向右摆动。火舌直指夜空，舞姿摄人心魄。人们都说她"性感火热"，特别是阿南西。那时候他还是个单身汉，对"火"垂涎已久。

阿南西百般思量，想要将"火"擒住、驯服，好将她据为己有。然而，若你曾遇到过像"火"这样的女孩，便知"火性难拘"，她需要属于自己的天地。然而，阿南西喜欢挑战。于是，有一天，他步入丛林深处寻找"火"。路上，他碰到了朋友老鼠。老鼠是一位颇有风度的家伙，打扮得体，衣着光鲜。他总是穿着崭新的外衣，顶着修剪整齐的发型，自认为十分讲究。

"阿南西，你急匆匆地要去哪儿呀？"老鼠问道。

"我今晚要去试试运气，和'火'聊聊，"阿南西挺起他小小的胸脯，"上次我们谈话时，肯定已经擦出些火花。"

老鼠听罢，发出一声洪亮的大笑："哈哈，阿南西，你需要的可不仅仅是运气啊。'火'的热情可不是你能驾驭的！"说完便笑着一溜烟地离开了。老鼠的话让阿南西十分恼火。不过，他和老鼠本来就没什么交情。阿南西并未因此气馁，他继续前行，不久便发现"火"正依偎在火焰树下打盹。这种在加勒比被称为凤凰木⑤的树，开满鲜艳如焰的红花，如扇子般在枝头绽放。此时的"火"十分微小，于树根处跃动。见到阿南西，她立刻"腾"地一声旺盛起来，仿佛在欢迎他的到来。

凤凰木（FLAMBOYANT）的花、叶和果

"哎呀，哎呀，阿南西，你真体贴，竟然来看我。"她咯咯地笑着，明亮闪耀，光辉照人。近来她有些寂寞，正想找个伴儿。阿南西不敢靠得太近，但就算和"火"隔着一段距离，他仍在努力展现自己的魅力。

"瞧瞧你啊，'火'小姐！你是如此艳丽动人！"阿南西赞叹道。

"火"又咯咯地笑了起来："真的？阿南西。你可不会骗我吧，是吗？"

阿南西立刻换上最严肃的表情——应该说，是他能摆出的最严肃表情。"我怎么会骗你呢，'火'小姐？永不！"

他稍稍向前靠近了点："其实，刚才我还在和好朋友老鼠说，我是多么想和你共度时光呀。"

"火"闻言更为雀跃，火焰旋绕起来，将阿南西围在中央，炽热的火舌四处飞舞。

"慢点，等一下呀，我可不想被烧焦！"阿南西尖声喊道。"火"低下身子，慢慢平静下来。"那我们该怎样约会呢，阿南西？"她不高兴地噘起嘴，转过身去。

狡猾的阿南西想了好一会儿，腼腆地说道："不如我们一起爬上山坡，在那儿，就我们两人清静相处，怎么样？"

"火"依旧不肯回身，继续对阿南西"冷脸以待"，那跃动的火焰也泛出一抹清冷的蓝色。

"告诉我，你究竟想要什么？"阿南西的声音中透出一丝焦躁。

"火"双臂交叠，仍然背对着他，说："我想去你家。我可不愿让人瞧见我和你在街角或山间厮混。若让我妈妈知道，她一定会雷霆震怒。"

这一下，阿南西真是进退两难。他迫切渴望与"火"私下相处，家里无疑是最理想的地点，但他又担心"火"会烧毁自己的房子。这时，聪明的"火"小姐想出了一个办法，她让阿南西铺设一条沙子小路，从村外一直延伸到他家，再沿着台阶铺到门廊。这样，她便能沿着沙子路安全而来。接着，她又让阿南西在客厅放置几小堆废弃物，好让她在那里明亮地燃起只属于阿南西的绚烂火光。

这个计划听起来不错。阿南西快马加鞭赶回家。他将家里上上下下打扫得一尘不染，还特意为木质的房屋正面重新刷上了一层鲜艳的黄漆，明亮如熊熊燃烧的火焰。按照“火”的指示，他沿着村庄的小径一路铺沙，直铺到自家门前的台阶和门廊。他又精心收集了一堆枯枝与废弃物，整整齐齐码在客厅，一切准备妥当，等待着与“火”的浪漫约会。

夜色渐深，海风自东方轻拂而来，“火”在森林间摇曳前行。她沿着沙径，越行越快，于高耸的酸柑树和茂密的杧果林间蛇行穿梭。村中厨房飘出的香气——煎鱼的浓郁香味与南瓜汤的甘甜气味，随风渗入她跃动的身躯，伴随她一路穿过村庄。

“火”的身影越来越大，火势也越来越旺。待她抵达阿南西那高跷木屋的台阶时，她已化作一团汹涌燃烧的烈焰。此刻，阿南西正在客厅，忙着整理那堆枯枝与废弃物，准备迎接“火”的到来。直到瞥见走廊上火光冲天，他才猛然惊觉。可是一切都来不及了，火势迅猛，瞬间冲破房门，张牙舞爪地席卷整个屋子。阿南西连忙闪身后退，从后门夺路而逃，任由“火”在屋中肆意燃烧。

“阿南西，这样如何？现在，我足够性感火热了吧？”“火”在屋子里调皮地喊道，火舌冲天，直逼屋顶。阿南西站在远处，目瞪口呆地看着自己的家被“火”吞没，最终化为灰烬。

传说，这正是直至今日，加勒比群岛的人们仍然格外谨慎，绝不在屋里点燃明火的原因。

注　释

① 在牙买加民间传说中，阿南西是一只诡计多端的蜘蛛，他总是巧言令色地欺骗他人，以获取自己想要的东西。阿南西的故事常常以"杰克·曼朵拉，听来是啥就讲啥"来结尾，意思是说，我只是转述了别人的故事，不增不减。参考链接：https://jis.gov.jm/information/get-the-facts/origin-anancynancy-stories/。

② 布瑞尔鸡，布瑞尔（Brer）这一称呼源自非洲民间故事，用在拟人化的动物名称之前。Brer通常用来指代有个性、机智且有时带有狡猾特点的角色。参阅：Joel Chandler Harris. *My Big Book of Brer Rabbit Stories* (Portland: Crescent, 1988).

③ 智慧老妇人是神话和童话中广为人知的象征，代表着永恒的女性智慧。参阅：Jacobi, Jolande. "Symbols in an Individual Analysis." In *Man and His Symbols*, ed. C. G. Jung. (London: Turtleback Books，1964), pp. 331-335.

④ 阿布丽塔是西班牙语中对族长般的祖母的亲昵称呼。

⑤ 凤凰木，亦称"红楹""火树"，高可达 20 米，树冠宽广；夏季开花，花大，红色。参考链接：https://www.cihai.com.cn/detail?docId=5360642&docLibId=72&q=%E5%87%A4%E5%87%B0%E6%9C%A8。

罗莎蒙德·格兰特

（圭亚那）

我 15 岁那年来到英国，与母亲团聚。她在数月前已先行抵达英国，希望进一步拓展自己的教师生涯。当时父亲已在雷丁大学接受教师进修培训，之后会回到圭亚那。我搭乘英国海外航空公司的航班，由父母的一位朋友护送同行。我们抵达盖特威克机场时，母亲早已在那儿等候。这段经历像是一次冒险，兴奋之余，我心中也有着难言的滋味，苦涩与甜蜜交织。

我为能和母亲重聚感到开心，因为我实在太想念她了。然而，我不得不与留在圭亚那的童年玩伴、父亲和兄弟姐妹分别，也让这份喜悦中掺杂了些许惆怅。原本我还需等一年才能赴英求学，但父亲提前安排了行期。他担心在暑期学校放假期间，他忙于工作，难以时刻关注正值青春年华的女儿。他早已留意到当地的男孩子们对我颇有兴趣。

我自幼在修女会幼儿园长大，随后进入修女会女子中学，就读于圣约瑟夫天主教女子学校，并在那里结识了很多要好的朋友，与她们建立了深厚的友谊。那年夏天，母校正计划迁往乔治敦海岸边一处风景如画、宽敞舒适的新校区。新学年将在那里拉开序幕，而我却无缘参与其中。我想，父母大概没有料到这会对我产生多大的影响，他们并未为此忧虑。在那个年代，人们很少考虑这些细微的情感起伏，因为摆在面前的是崭新的英国生活，以及更好的教育机会。20 世纪 60 年代，许多圭亚那的精英人士纷纷前往英国，为子女争取更优质的教育资源，因为那时圭亚那大学尚未成立。

我父母都是教育工作者。母亲是出了名的天才教师，尤其擅长点拨成绩不佳的学生，父亲则是一名校长。我们兄弟姐妹自小被送入顶尖学校，自然也被寄予厚望，必须取得优异的成绩，成就卓越的事业。我哥哥天资聪颖，曾获得圭亚那奖学金，已前往牙买加的西印度大学攻读物理学，追逐科学梦想。我来英国时，弟弟仍在圭亚那的圣斯坦尼斯劳斯耶稣会学院学习，而两个年幼的妹妹还在上小学。

初到伦敦时，我十分震惊。我们为什么要来到这样一个寒冷、肮脏、遍布工厂的地方？记得从盖特威克乘火车一路进城时，车窗外尽是冒着浓烟的烟囱、成片相连却未粉刷的屋舍，以及纠缠在一起的无数晾衣绳。我当时并不知道那些不过是房屋的背面，只觉得眼前的景象实在难以令人满意。

母亲来英国后无法继续教书，因为英国方面不认可她在圭亚那取得的教学资格，因此她不得不重新进修两年。为了维持生计，她在一家生产网眼纸垫的工厂找了一份工作——先用模具刻纹，再敲打、清理多余部分。面对生活的剧变，她始终处之泰然。很快，她被推选为车间工会代表，代表工厂里的白人劳工阶层女性，去争取更好的工作条件。同时，人们也常常邀请她辅导来自各岛屿的移民子女，帮助他们提高阅读和英语水平。

我们当时住在旧肯特路附近的一栋破旧公寓里，环境糟糕透顶。厨房天花板的油漆大片、大片地剥落，母亲安慰我说："我们只是暂时居住在这里。"当时，父母正努力攒钱，以支付妹妹们来英国的路费。母亲说一切都会好起来的，果然日子渐渐有了起色。不久后，我们搬到了表亲位于赫恩山的住处，母亲在那里租下了两间房间。那栋房子坐落在绿树成荫的街道上，宽敞优雅、独立成院，离她的工作地点和常去采购日用品的布里克斯顿都不算远。

在那里，我入读了佩卡姆女子中学。我是全班唯一的黑人女孩。同学们常嘲笑我"古怪"的举止与口音。在圭亚那，尊师重道被视为重中之重。因此，老师和我说话时，我会站起身，恭敬地回应。但这里的学生并不如此，因为这不符合她们的文化习惯。于是，她们叫我"乖乖女"。然而，日子久了，我们还是成了朋友，她们甚至教我说带伦敦东区腔①的英语，这让母亲颇为不悦！在学业上，我表现优异，无论数学还是英语成绩，都遥遥领先于同龄人。毕竟在当时的加勒比地区，圭亚那的识字率名列前茅。

不久后，两个妹妹抵达了英国，我们全家搬进了霍恩西的一套三居室公寓。一年后，哥哥伯尼（Bernie）也前来与我们团聚。虽然一家人分批迁往英国，但时隔不久，全家人便得以重聚在这片异乡的土地上。后来，母亲获得了英国的教师资格，之后在哈林盖的一所学校任教多年。

来到英国后，我们遇见了来自世界各地的黑人——有非洲人、北美洲的牙买加人以及来自其他岛屿的移民。最为可贵的是，我们学会了抛开殖民时代和"分化统治"②政策遗留下来的偏见。无论人们来自加勒比的哪座岛屿，我们都通过共享美食与文化，紧密团结成为一个黑人社群。譬如，我们通过"凑份子"或

"合伙存钱"，来筹措资金、购置房产。

在伦敦成长的岁月中，我并未像许多黑人那样曾遭受赤裸裸的种族歧视，但我也察觉到了一些更为隐晦的种族偏见。成年后，尤其是在一些专业培训机构中，这种歧视变得更加直白。后来，我取得了精神分析心理治疗师的资格。在执业过程中，我目睹了种族歧视、流离失所、失去与别离如何深深影响着人们的心灵健康和人生轨迹。在我看来，这种影响如同回声，在一代又一代移民中回荡，至今仍未消散。

此外，我还有另一个不为人熟知的侧面——我对美食与饮食文化充满热情，已在英国出版了四本烹饪类书籍。

我对自己的血脉传承也十分好奇，曾前往加纳小住，参观埃尔米纳奴隶城堡与港口。母亲常常讲起那些在圭亚那遭受奴役的祖先，他们来自加纳的科罗曼蒂族群。我的哥哥伯尼是下院议员，代表托特纳姆选区。他去世后，我受邀参与BBC一档由柯特·巴林（Kurt Barling）主持的纪录片，进行家族溯源研究。由此，我发现母亲娘家的姓氏"布莱尔斯"（Blairs）源自圭亚那伯比斯境内的布莱尔蒙特糖业庄园。

至于父亲那边，我的曾祖母来自塞拉利昂（Sierra Leone）。她在奴隶制结束多年后作为佣人来到岛上。父亲还提起过，曾祖父和他的两位兄弟曾在"格兰特庄园"沦为奴隶，因此获得了"格兰特"的姓氏。据说他们三兄弟后来被分别送往不同的岛屿，其中一人辗转来到了圭亚那——家族的故事便由此开始，并延续至今。

在学校里，修女和神父常常给我们讲述一些非洲的故事，但那些描述几乎都是负面的。要凝聚成为一个真正的社群，我们必须摒弃这些谎言与负面观念。我们有着共同的历史与血脉传承，我们必须接纳彼此的差异和多元，并珍视这份联结。因此，讲述我们的故事和传说至关重要，这不仅是为了提醒我们自己，更是为了教导年轻一代：我们不仅活了下来，我们还于逆境重生。正如玛雅·安杰卢（Maya Angelou）[③]所言："我仍昂首前行。"而我们，至今仍昂首向前。

芭芭拉·加勒尔
（牙买加）

我的丈夫与兄弟姐妹一起，先行来到英国。五年之后，我才前来与他团聚。那时候的情况就是这样，通常是男人先行，之后妻子再跟随而来，有时候带着孩子，有时候不带孩子。全家一同移民的情况少之又少。因此，我们一家人被迫分离了多年。抵达英国后，我负责照看孩子，而丈夫则外出工作。因为幼儿需要有人悉心照料，所以家里只有一个人能外出赚钱养家。

我对伦敦的第一印象是恐惧。我从未见过那样浓厚的雾，令人惊恐不安。我们住在埃德蒙顿。每次出门我都会迷路，即便向路人求助，也依然找不到回家的路。街道在雾气的笼罩下显得潮湿幽暗，公交路线与街巷布局对我来说更是十分陌生。

后来，我们搬到了唐卡斯特。唐卡斯特不像伦敦那般喧嚣，因此我更喜欢这座城市。在这里，我不再迷路，人们也更为友善。邻里关系融洽，大家相互照应。我与邻居们轮流看护孩子，孩子们可以在公园里一起自由地玩耍。那时，我已有两个孩子，并成为一名助理护士。然而，孩子们在学校的日子并不快乐，老师们态度冷淡。直到升入中学后，情况才有所改善。在中学里，他们终于得到了公正的对待。

我来自牙买加的金斯敦④，童年的记忆都与倾听和讲述故事有关。那时，家中共有十二口人。每当清晨或黄昏，大家都会围坐在门廊上，聆听祖母娓娓道来各种传说与故事。那段时光无比温暖，始终萦绕在我心间。

爱与失落

这些故事糅合了传奇与民间传说，以真实地域为背景，展现了加勒比群岛上原住民的生活方式与他们的精神信仰。

巨型睡莲的传说

（圭亚那）

相传在久远的年代，世界初开之时，加勒比人便是最早定居于圭亚那的族群。他们用棕榈叶编织屋顶，筑屋于河流畔与溪涧旁。加勒比人喜欢栖居于水边，他们会掏空树干做成独木舟，沿亚马孙河顺流而下，因此被称为水之子民。

在大多数夜晚，享用完丰盛的烤鱼与木薯豆饼大餐后，加勒比人会围坐在一起，倾听老人们讲述故事。村中的老幼齐聚于巨大的木棉树下，传说此树是灵魂的守护者。老人们就在树下，细细讲述祖先的传奇，以及关于加勒比人与阿拉瓦克人激烈征战的古老故事。

某个漆黑的夜晚，少女们相依而坐。她们的长发如披风般垂落在背上，肌肤闪烁着肉桂树般的古铜色光泽。她们中最年轻的少女名叫巴兰达（Balanda）。她仰望夜空，沉醉于塔莫斯（Tamosi）——古老的天空之神的传说，心神早已飘向遥远的幻想之境。自古以来，加勒比人就相信，宇宙的美丽与力量会眷顾那些能洞悉其自然奥秘的人。

巴兰达轻声叹道："啊，要是我能触碰到月亮，该有多好啊！"她踮起脚尖，伸展双臂，仿佛试图拥抱夜空。她凝视着星辰，脑海中浮现出那个迷人的神话——最初的加勒比人曾居住在皎洁的月亮上，后来才来到这片黑暗的大地。这故事深深触动了她，使她渴望探索夜空的美丽与力量。次日黄昏，她再次凝视着明月，眼中满是向往。忽然，她有了一个念头。

"倘若我能爬上这棵大树的顶端，便能更接近夜空与吾神塔莫斯。或许，那时我便能伸手触及月亮。"巴兰达尽情地幻想。若能触及月亮与繁星，一定会有晶莹的光辉一束束倾洒而下，落在她身上。

于是，她没有等待同伴，而是无畏地爬上树干，双脚踩踏枝丫，双手紧握藤蔓。树蛙低鸣，蟋蟀长吟，仿佛在为她助威。她站在最高的枝头，伸出手臂，但仍然无法触摸到月亮。她的指尖只能感受到夜色中的湿润空气。"我绝不放弃！"她的声音在树冠上回荡。

第二天晚上，人们围坐在一株修长的莫拉树旁，聆听关于水怪奥科-尤莫（Oko-yumo）的传说。据说水怪奥科-尤莫拥有人的头颅、巨蟒般的身躯。鼓手敲击鼓面，为故事奏出旋律。几位少女开始赤足而舞，随着鼓点的节奏，轻盈地踩踏着地面。故事徐徐展开，舞步与鼓声交相呼应。

"奥科-尤莫在瓦卡波亚溪中潜伏，等待着猎物，"讲故事的老人说，"大家警告那个男人不要去寻找她，但他没有听从劝告。水怪从漆黑的水中升起，长而沉重的尾巴猛然挥动，将男人的身体紧紧缠绕。"

鼓手们变换了节奏，舞者的动作也变得越发急促。她们的手臂在空中挥舞，如同夜幕下盘旋的蝙蝠。故事还在继续："奥科-

尤莫的尾巴缠绕得越来越紧，将他的身体狠狠挤压。他已无法惨呼，骨骼在挤压下寸寸碎裂。"

巴兰达心不在焉地听着。她还在想着如何才能触碰到月亮。当一位伙伴提议趁夜色前往山中散步时，她脑中灵光一闪。"跟我一起登上罗赖马山的⑤山巅吧！"她激动不已，声音微微颤抖，"在那里，我们可以仰望夜空，惊叹它的美丽，或许还能伸手触碰到那轮美丽的月亮。"伙伴们都知道她对触摸月亮的执念，于是纷纷点头同意。深夜里，她们一起踏上了攀爬罗赖马山峰之路。

星空洒下银辉，巴兰达带领伙伴们朝着最高的山峰进发。她们穿越五彩斑斓的山谷，踏过柔软的沙地沼泽，攀上陡峭的砂岩，穿行于低垂的薄雾之间。越往高处，空气越发清冽甘甜。清凉的雨丝轻轻洒落在她们的头顶与肩头。她们在夜色中不断攀登，最终抵达了山巅。沉沉黑暗中，她们伫立山顶，齐声高呼："塔莫斯啊，聆听我们的祈求！请赐予我们触碰明月与繁星的力量吧！"她们伸展双臂向着夜空祈求。然而，伟大的天空之神始终沉默不语。满怀期望而来的她们，再一次失望地发现月亮依然遥不可及。

第三天晚上，在当晚的故事与歌声落幕后，巴兰达独自划着独木舟沿河而下。她的心中满是不甘，不愿放弃触摸月亮的梦想。夜晚空气湿热，独木舟随着水波漫无目的地漂流。巴兰达将双手浸入清凉的河水中，不经意间，她看见了前方水面上月亮的倒影。那月亮明亮如镜，在澄澈的水波中微微荡漾。

她心中一动，暗道：我终于可以伸手去触摸它。

巴兰达毫不犹豫地跃入水中，水面裂开，月亮的倒影消失了。她奋力往下，越潜越深。她扭动身体穿过了大片芦苇和水藻。眼前的水域一片浑浊，她紧张地眯起眼睛，四下寻找月亮那光明的脸庞。

就在这里呀，我刚才还看见过它。她心中暗想，焦急地四处张望，却什么也没有看到。

呼吸声渐渐急促，但巴兰达下定决心要找到那几乎触手可及的月亮。她勉力维持呼吸，继续向下游去，越游越深，向着河床一路潜去。她抓住芦苇，努力将自己往下拉，奋力寻找眼中唯一的光明。然而，她什么也没找到，只感到自己的气息在逐渐减弱。她被困在水底深处，无法及时浮出水面，吸上一口新鲜空气。

水面之上，河水归于平静，月亮的倒影重新浮现。一切如初，唯独巴兰达踪影全无。她的身体沉入河底，在她能重返水面之前，生命已悄然流逝。

然而，掌管江河湖海的至高水神——阿塔贝⑥自苍穹俯瞰，对这位年轻的少女生出了怜悯之心。她决意拯救巴兰达，并赋予她永恒的生命。阿塔贝降下一道璀璨的绿光，在水底盘旋，那无声的光芒缓缓将巴兰达的躯体化作一株优雅的深绿色睡莲。睡莲的花朵巨大而优雅，层层叠叠的花瓣犹如温柔的臂弯，互相依偎。当清晨的第一缕阳光洒落水面时，花瓣徐徐绽放。颜色随时光流转，由洁白转为柔美的粉红，于一日之中渐渐盛开，尽情绽放华彩。

今时今日，巴兰达化身的睡莲被称为"亚马孙王莲"——世界上最大的睡莲，以浓郁的芬芳闻名四方。

倘若你有幸前往圭亚那，切莫错过那漂浮在河面上的巨大睡莲。

仙女鱼的情人

（特立尼达岛）

曾几何时，若你足够幸运，便能在加勒比海的特立尼达岛和多巴哥岛（Tobago）周围，瞥见栖息于酒红色河流与钴蓝色海洋中的神秘水族。每当他们的身影轻巧地潜入水下，便会留下一圈圈闪烁的涟漪；每当他们强有力的尾巴猛拍水面，白色的浪花便会翻涌而起，扑向礁石。这些水族人是传说中的雄性美人鱼，上半身如同远古的战士与王者，面容刚毅，胸膛宽阔；下半身则如同鱼类，巨大的尾鳍在海中翻腾激荡。水族中的雌性人鱼则被称为"仙女鱼"，她们隐匿于瀑布后的幽深洞穴、桥下的静谧河流或水车旁的深潭之中。切莫被她们娇美的容颜、乌黑的长发以及色彩斑斓的鱼尾所欺骗。她们是水中的精灵，若她们对人类的爱意得不到回应，她们便会用毒液侵蚀人的心智，将人引向死亡。

据说许多年前，约翰尼·瑞安（Johnny Ryan）便遭遇了这样的命运。他居住在卡罗尼河畔的一个宁静村庄里，和村里大多数男人一样，是个以捕鱼为生的渔夫。那里的海域盛产王鱼与大海鲢，可约翰尼却偏偏对村畔的河流情有独钟。那是一条长达二十五英里的河流，像蛇一样蜿蜒曲折，贯穿岛屿。或许是河岸上散发着甘甜气息的香果树诱惑了他，血红的果实如珠宝般挂在枝头，待人采摘；又或许是森林的静谧令他流连忘返。无论何种原因，总之，约翰尼常常涉水入河，撒下湛蓝的渔网。不久之后，河流便会慷慨地赐予他丰硕的回报——一网硕大的鱼。那些鱼的身体柔软光亮，在网中闪耀，如同尚未被人发掘的珍宝。它们扭动身躯，拍打尾鳍，奋力挣扎，试图逃脱。沉重的渔网让约翰尼几乎难以支撑，只能踉跄前行。他从未见过如此巨大的鱼——它们几乎有他半个身子那么长，鱼身色彩斑斓，绚丽如彩虹。

第二天，约翰尼再次回到河边，这次他又捕获了一网硕大的鱼。但是他瞥见一条巨大的鱼尾，从网中挣脱，迅速游离而去。那是一条仙女鱼，她一直在水下注视着他。她为了保护河中的鱼儿，不慎游得太近，险些被捕获。炽热的阳光下，湿热蒸腾。约翰尼不禁怀疑自己是不是眼花了。他几乎可以确定，刚才在水中看见了一位女子。

蒲桃（POMERAC）[7]

那天晚上，约翰尼微微敞开窗户，让海风轻轻吹入。他躺在床上辗转反侧，难以入眠，梦中不断浮现仙女鱼的身影——她在召唤他前往河边。梦境朦胧，她的面容隐没其中，只留下一片黑暗，周围是随风飘动的乌黑长发。她低声吟唱，歌声如同利箭，刺入他的心脏，让他充满了渴望：

"来吧，约翰尼，来河畔，

试试看，能否把我捉住。"

约翰尼猛然惊醒，浑身冷汗。在夜幕下，他独自走向那条熟悉的河流。梦中的情景挥之不去，令他心神不宁。当他跌跌撞撞穿过森林时，隐约听见一阵哀伤的歌声传来。那旋律正是他梦中所闻，诡异地诉说着逝去的爱恋与流转的时光，令他不由自主地靠近。

他拨开灌木的枝叶，看到一个身影坐在河岸边。那是一个奇异的生灵，上半身是女子的模样，腰部以下却长着一条鱼尾。她黝黑的肌肤被一缕缕浓密的黑发半遮掩着，她正一边梳理发丝，一边低声唱着歌谣。她修长而沉重的鱼尾上覆盖着光泽闪烁的鳞片，在岩石上延展开来。约翰尼的脚步声惊动了她，她猛地跃回了水中。

"别走！"他伸出双手探入水中，大声呼喊，"告诉我你的名字。"仙女鱼在水面下游动了一圈，随后慢慢探出头来，露出一双漆黑的眼睛，那目光仿佛能洞穿他的灵魂。

"我曾在梦中见过你，"约翰尼说，"我感觉到你在呼唤我。"此时，约翰尼已十分接近河岸，他步履谨慎，并未踏入水中，只是小心翼翼地试图离她更近一些。仙女鱼爬上岩石，让约翰尼能够靠近。他沉醉于她绵长深邃的目光，只见她轻轻抬手，示意他拥抱自己。她紧紧地依偎在他怀里，低声呢喃着一些他听不懂的话语。就这样，两人相拥了整整一夜，直到天际泛起金色的晨光。

接下来的几天，约翰尼仿佛陷入了一片朦胧的迷雾。他被欲望所吞噬，不再修缮房屋，也不再去河边捕鱼，更不在晚上与朋友们疯玩多米诺牌。他的梦境中满是仙女鱼的歌声，召唤着他，等待着他。黎明时分，他在街头徘徊，精神恍惚，喃喃自语，低声哼唱那首旋律。

直到老威廉姆斯（Williams）去世，村里的人们聚集在守夜仪式上，约翰尼的朋友们才见到了他。约翰尼本不想前往老威廉姆斯家，因为他一点也不喜欢这个老头。但最后他还是决定向悲痛的家属表示一下慰问。

他独自坐在威廉姆斯家门廊的台阶上，看着来访者络绎不绝。他们带来了酥脆香甜的油炸酸辣豌豆球、椰子烤饼和香喷喷的佩劳饭。然而，无论是扑鼻而来的香味，还是哀悼者的凄厉哭声，都未能触动他分毫。他沉默地蜷缩在一角，脸上满是阴郁。他的朋友"大个托比"注意到了他。

"约翰尼，怎么回事？最近都没见到你。该不会是中了什么大奖吧？"约翰尼松了口气，和"大个托比"聊聊天或许能让他好受些。"大个托比"因身高只有五英尺，所以才有了这个绰号。约翰尼迫不及待地向他倾诉了自己对仙女鱼的迷恋。"大个托比"听完后，猛地吹了一声长长的口哨。

"哦哦哦，你是被迷住了，伙计。那妖女盯上你了。得赶紧想想办法救你，否则一切就太迟了。""大个托比"所说的办法，是去找住在另一个村子的玛·希尔达（Ma Hilda）帮忙。玛·希尔达是一位深谙灵异之道的老妇人。她熟知各种精怪的秘密，或许能为他们指点迷津，拯救约翰尼。次日，他们穿越密林，来到玛·希尔达位于森林深处的小屋。她听完约翰尼的遭遇后，微微摇头，颈间的珠链也随之轻轻作响。

"你朋友的影子正在慢慢消失，"她对"大个托比"说，"那妖女正在夺取他的灵魂，一旦得手，他便将永远属于她。"

"大个托比"听到这话，眉头紧锁。显然他对这个说法感到十分不安。他问道："那我们该怎么办，玛·希尔达？"老妇人建议道："要想彻底摆脱那妖女的掌控，只有一个办法。午夜时分，约翰尼要亲自前往河边，向她恳求，请她放他一条生路。"

"你要带上一双备用的鞋子。到了河边，把一双鞋脱下，放在岸边点燃，烧成灰烬。当她从水中显身时，她会索求因单相思而得不到回应的'报酬'。你要告诉她，'只有一双鞋'。然后，你在水边再脱下另一双鞋，倒过来放好。接下来你要立刻转身离开，绝不可以回头多看一眼。"玛·希尔达对约翰尼说。

对于现在的人来说，这些话像是胡言乱语的迷信说法。但对于"大个托比"和约翰尼而言，这却是古老的智慧与信仰。两人都认为当晚"大个托比"必须陪同约翰尼前往河边，帮助他摆脱仙女鱼施加的魔咒。微弱的月光照亮他们的前路，他们穿过森林，来到了约翰尼和仙女鱼最初相遇的河湾。"大个托比"藏身于灌木丛中，约翰尼则独自站在水边，静静等候。不久，仙女鱼浮上水面，缓缓向约翰尼滑行而来。她漂浮于水面，周围繁星倒映，仿佛身披点点光辉。她黝黑的肌肤泛着一圈银色的光晕。她轻轻招手，柔声呼唤约翰尼步入河中，与她相见。约翰尼犹豫了，爱意与疑惑令他不知所措。此时，藏身在树丛中的"大个托比"低声急喊："快让她放过你，伙计，快点！"

"大个托比"惊恐地发现，约翰尼的影子正在慢慢消失，他抵抗仙女鱼的意志也在迅速瓦解。他知道，一旦约翰尼踏入河水，这将是他们最后一次见面。不管怎样，"大个托比"的声音仿佛一道惊雷，唤醒了约翰尼。他取出备用的鞋子，放在地上点燃，火焰吞噬鞋面，将鞋子化为灰烬。与此同时，他向仙女鱼恳求道："请放过我，解除你对我的束缚吧！"

仙女鱼原本平静而迷人的面容，忽然扭曲成狰狞的怒容。她露出两排尖锐如刀的牙齿，嘶声问道："那我的报酬是什么？"

约翰尼被她的回应吓得不知所措，喉咙发紧，竟一句话也说不出来。此时，"大个托比"从藏身处冲了出来，一把抓住约翰尼的胳膊。两人拼命向村子的方向狂奔。身后，仙女鱼发出一声尖锐刺耳的叫声，划破夜空，震得他们耳膜生疼。随即，她的诅咒如毒蛇一般，从密林间穿梭而来，紧紧缠绕住约翰尼的喉咙：

"乖乖把你献给我，

你的影子归我夺。

今夜此地你难逃，

迟早落入我怀抱。

乖乖把你献给我

我索报酬你别躲。

若你不能与我伴，

今日便要你命断。"

约翰尼在"大个托比"的带领下拼命奔逃，穿过幽深的森林，远离那条河流。他们不曾回头，也未曾停下过脚步。然而，约翰尼还没来得及献上另一双鞋作为"报酬"，仙女鱼的诅咒使他心惊胆战。安全抵达家中后，他心存侥幸，希望一切能就此结束。

"你绝对不能再去那条河边了！""大个托比"喘着粗气警告道，"你唯一能做的，就是远离那里。"他盼望着约翰尼能够听从他的劝告。

然而，对约翰尼而言，这注定是个不安的夜晚。诅咒已然降临，他的影子几乎消失殆尽，他心中满是茫然。就在他沉睡时，仙女鱼又一次闯入他的梦境。她的表情变幻不定，指引他看向河底一只巨大的箱子，箱中堆满了金光闪闪的金币。她的声音透着一丝寒意，呼唤他去寻找深埋水底的宝藏。约翰尼梦见了那只装满金币的大箱子。

约翰尼从梦中惊醒，心中十分不安。他低头看了看床单，惊愕地发现床上赫然躺着三枚金币。他捡起其中一枚，轻轻咬了一口——触感坚硬，是货真价实的金币。他从床上一跃而起，兴奋之情涌上心头。这一定是仙女鱼向他传递的信息，梦境中的一切必定都是真的。她想引领他获得无尽的财富。

他没有向任何人透露自己的梦，甚至也没告诉"大个托比"。那一天，他悄悄回到了河边。他天真地以为，白日之下，什么也不会发生。他会像最初在河边捕鱼时那般安然无恙。他拿着铁铲和渔网，踏入浑浊的河水，向着芦苇丛生的对岸走去。他低头探入水中，欣喜地看到一群银光闪闪的鱼儿四散游开，河床底部闪烁着一汪光亮。约翰尼确信，这正是宝藏所在之地。正午时分，唯有杜鹃鸟啼鸣，唯有椰子树静默伫立，见证了这一刻。约翰尼纵身跃入水中，消失在波光粼粼的水面之下。

　　有人说，仙女鱼紧紧攫住了他，永不放手，将他变成了沉沦于浑浊水域的男性美人鱼。也有人说，他为了寻找深埋的宝藏，葬身于水底。我想，我们恐怕永远无法得知约翰尼·瑞安的最终下场。唯一能确定的是，从此再也没有人见过他。

有毒的罗蒂饼

（特立尼达岛）

在特立尼达和多巴哥的岛屿上，有一个名叫比阿特丽斯（Beatrice）的年轻女孩，她不小心杀死了自己的亲哥哥。这一切始于哥哥离开家，追寻名声与财富的那一刻。自哥哥离去后，家中变得空荡而寂寞。每个人都无比思念他那张光彩熠熠的面庞，那双明亮的杏仁眼和始终洋溢着笑意的脸颊。他们怀念他轻盈如舞动的步伐；他们怀念他唱歌时低沉的嗓音；但最令他们念念不忘的，是傍晚时分他抱着吉他弹奏的动人的旋律。一家人曾经无数次围坐在院子里，在满天繁星下，随着吉他声聊天、唱歌、翩翩起舞。少年的手掌轻拍琴身未曾磨光的木面，以掌控节奏。他的指尖灵巧地在琴格间游走跳跃，拨动琴弦。家人们常齐声呼喊："再来一曲，再来一曲。"自从哥哥离开家后，比阿特丽斯每时每刻都在思念他。家中变得昏暗而空寂，阳光也似乎因他的离去而失去了往日的明媚。

有一天，母亲在屋后厨房做着罗蒂饼。她轻声唱着儿子常唱的歌谣，双手揉捏着面团。面团很快变成了圆滚滚的面球，被放在一旁静置发酵。当她再回到厨房时，面团已经蓬松柔软，可以被擀成小薄饼，放在罗蒂锅中烤了。不一会儿，窗台上便堆起了一摞新鲜的罗蒂饼，等待着配上咖喱和米饭，供人享用。

通常每天这个时候，博（Bo）总会拖着步子缓缓经过。博是个年迈的流浪汉，他所有的家当不是穿在身上，就是随身带着。他上身穿着一件褪色的橙色衬衫，下身套着一条宽松的灰色短裤，短裤的大口袋里塞满了零碎物件。他随身带着一把小折刀和一个背包。背包里面装着一条破旧的毯子，那是当地牧师送给他的，还有两颗从邻居家树上偷摘的熟杧果。他手中拎着一个中空的锯琴。无论何时，只要找到一根木棍，他便会沿着锯琴的环形边缘来回摩擦，奏响音符。他身无分文，无家可归，完全依靠别人的施舍勉强度日。此刻，他循着新鲜煎饼的香味，来到了厨房窗前。

"下午好呀，金太太。"博笑着打招呼，露出一口残缺不全的牙齿。

"下午好，博。"比阿特丽斯的母亲微微一笑，心中早已猜到接下来会听到什么。

"今天天气这么好，可否分给我几张多余的罗蒂饼呀？"他彬彬有礼地问道，目光锐利，仿佛要在那叠香喷喷的烤饼上戳出几个洞来。

"当然可以，博，我这就给你包一些。小心点，饼刚出锅，还烫得很。"她将食物递给他，然后挥手送别。比阿特丽斯站在门口，双臂交叉在胸前，漆黑的眼珠望向天际，鼻子皱起，满脸嫌恶。

"为什么你要把饼施舍给那个老头？你这是纵容他讨饭！"她怒气冲冲地说道，一脸尖刻，好像一颗酸樱桃。

"孩子，天理昭昭，善恶终有报。"母亲并未抬头，只是专心翻动着锅上的罗蒂饼。比阿特丽斯讨厌看到博，讨厌他每天在自家门外徘徊，讨厌他从不道谢，讨厌母亲对他格外照顾。但她心底真正愤怒的是，哥哥抛下她，远走他乡。比阿特丽斯跺着脚走到屋外，看着博从家门前经过。她盯着他那双深褐色的脚，脚跟皲裂如干涸的泥土。她看着他将罗蒂饼塞进大口袋中，心中盘算着该如何阻止他每天来自己家。博抬起头，正好看见她锐利的目光。他感受到小女孩汹涌的怒火，如刀锋般直刺自己，带着几近凶恶的杀意。

"孩子，行善者福自来，作恶者祸相随。"博警告她，随即点头作别，缓缓走入林中。这番话不仅没有让比阿特丽斯平静下来，反而让她更加恼怒。她心中暗想：你凭什么来教训我？我已经 13 岁，快是个大人了！

第二天，比阿特丽斯陪着母亲在厨房中忙碌，主动提出帮忙做罗蒂饼。母女俩一边哼着小调，一边谈笑风生。她们加水和面，撒上一小撮盐，将面团揉捏得柔韧光滑。罗蒂饼出锅后，比阿特丽斯看到母亲将几张饼放在一旁，留给博。趁母亲转身的瞬间，她悄悄地在饼上撒了些老鼠药。她心想：这点药量，不过是让那个老头有点不舒服罢了。

到了下午，博依旧拖着步子，来到厨房窗前。母亲正专注地翻动锅上的烤饼。

"下午好啊，金太太，"博高声说道，"今天过得好吗？""挺好的，博。你想要些罗蒂饼吗？"母亲一边问，一边将早已放在一旁的几张烤饼递给他，甚至未等他回答。

"你很清楚我需要什么，"博微笑着接过那包热腾腾的煎饼，塞进了口袋，"我待会儿再吃。"他们互相说着客套话。比阿特丽斯站在一旁看着，搞不懂他为什么不立刻吃掉那些饼。她急忙跑到窗边，把自己挡在博和母亲之间，用命令的口气说："罗蒂饼最好趁热吃。"博点点头，便慢吞吞地离开了。

他朝森林深处走去，打算为晚上找个歇息的地方。此时下午已过了大半，太阳快要落山，余晖洒在密林间，勉强还能再照亮一两个小时。博慢慢地穿过浓密、幽暗的树林，沿着一条通向村外的小径走着。

空气湿润，热浪蒸腾，博感到有一丝倦意袭来。他倚靠在粗糙多节的树干上小憩。就在此时，他听到远处传来一阵歌声。一名年轻男子手持砍刀，劈开灌木丛，向他走来。男子的皮肤呈焦橙色，汗水顺着脸颊滴落，将他系在腰间的衬衫润湿了一片。他肩上斜挎着一把吉他，看到博时，脸上绽开了温暖的笑容。

"下午好！能在这里遇到人真是太好了。我刚才有些迷路，也感到有些孤单。"年轻人的声音温润如浓稠的蜜糖，他向博伸出了手。

"你好，年轻人。你可把我吓了一跳。"博握住他的手，上下打量着这位陌生人，心里琢磨着他是从哪里来的。

"抱歉，我刚从外面回来，正在寻找回村子的路。"年轻人在博边上坐下，倚靠在树干上。他打量着博说道："看你这样子，似乎近来运气不太好。"

"你也差不多。"博回应道。两人相视一笑，感叹道："我们都曾有过更好的时光啊。"博取出那包罗蒂饼，和他分享。年轻人欣喜若狂。"我已经好几天没吃东西了。"他坦率地承认，"我花光了最后一点钱，才搭上回来的渡船。"

他像饿狗般撕开饼，几乎没怎么咀嚼，就大口吞咽起来。博见他如此饥饿，便说道："把这些都吃光吧，年轻人。有位温柔的女士每天都会给我食物。"他笑着回忆，顽皮地眨了眨眼。

"嗯，我妈妈也会做这样的罗蒂饼，美味极了。"年轻人舔了舔手指，向博道谢后，便继续上路了。黄昏渐渐笼罩整座岛屿。年轻人终于抵达了目的地——一座坐落于森林边缘的小木屋。他忍不住笑了，想象着家人见到自己时的惊喜模样。"我迫不及待想见到我的小妹妹了。"

他沿着土路加快了脚步，屋子越来越近。此时，比阿特丽斯正坐在门廊的柳条椅上，前后摇晃，眺望远方。她注意到一抹熟悉的身影正沿着小路走来，那轻快的步伐，仿佛踏着舞步一般。她立刻认出，那是她的哥哥。

"保罗（Paul）！保罗！是你吗？"她猛地从椅子上跳起来，因欣喜而哽咽地大喊："妈妈，爸爸，快来看！保罗回家了！"她飞奔下台阶，双臂张开，准备投入哥哥的怀抱。可就在这时，那熟悉的身影突然停下了脚步，痛苦地弯下腰，双手紧紧捂住腹部。"保罗，你怎么了？哪里不舒服？"在他倒下之前，比阿特丽斯赶紧抓住他的手臂，将他搀扶进屋。父母闻声赶来，既惊又喜，急切地追问，问题像雨季的骤雨一样倾泻而下：

"发生了什么？你怎么了？这些年你去了哪里？是不是很

痛？"他们将他安置在沙发上，递给他一杯水喝。保罗的双眼布满血丝，他因为疼痛而紧握着拳头，手上青筋暴起，像深深嵌在皮肤里的瘀痕。他声音微弱，艰难地挤出几个字。

"我的胃……像是在燃烧，一定是吃了什么不干净的东西。"

母爱的天性让母亲产生了最坏的担心，她更加急切地追问："你吃了什么？是从哪里来的？"

保罗的脸因剧痛而扭曲，他结结巴巴地回答："我在树林里遇到一位……善良的老人，他给了我一些罗蒂饼。"

羞耻像针一样刺进阿特丽斯的肌肤。她意识到自己竟亲手毒害了最爱的哥哥。她喉咙发紧，几乎说不出话来。

"哪个老人？他长什么样？"她歇斯底里地喊道，粗暴地抓着哥哥的肩膀摇晃，力道之大令父母也为之惊慌。然而一切都已为时太晚。就在他们眼前，保罗咽下了最后一口气，年轻的生命悄然消逝。空气仿佛瞬间凝滞，所有的喜悦顷刻化为虚无。

就这样，在特立尼达和多巴哥的岛屿上，一个名叫比阿特丽斯的少女，意外地害死了她的亲哥哥。

蜂鸟的传说

（波多黎各岛）

我想邀请你与我一起回到遥远的过去，几乎是回到远古时代。那时候，泰诺族的酋长率领族人逃离了与加勒比人的战争。他们深入波多黎各岛的埃尔·荣克（El Yunque）山脉，在密林深处定居。多年的战斗已使这片山脉染满双方的鲜血，在遭受了可怕的袭击之后，泰诺人逃入茂密的森林中，寻求庇护。

阿莉达（Alida）是泰诺酋长的长女，她有着乌黑的长发，肌肤泛着枫叶般的金黄光泽，身姿挺拔，头戴羽毛制成的冠冕，犹如一株高耸入云，枝叶广袤的吉贝⑧。

当男人们外出捕鱼，女人们忙于织布时，她常常独自离开村庄，前往她的秘密世界。那是一个巨大的潟湖，清澈的湖水从桑托瀑布倾泻而下。一天，阿莉达如往日般徒步穿越森林，一路小心翼翼地不让人看到她离开了村庄。

她顺着陡峭的岩坡往下爬，直抵瀑布的脚下，然后纵身跃入澄澈的水潭。她在无人打扰的潭中畅游，与鱼群嬉戏，感到无比的欢愉。嬉水结束后，她爬上岩石，准备晾干身体，忽然听见灌木丛中传来窸窣声响。她毫不犹豫地抓起弓箭，对准那片灌木丛。

"出来吧，我知道你在那里。"她大声喝道，双脚稳稳站立，身姿低伏，宛如一只随时准备扑击的猫。一个年轻男子从灌木丛中走了出来。

"你是谁？想干什么？"她用箭尖直指他的心脏，目光如刃。

"我叫塔鲁（Taroo）。"男子回答。然而，两人语言不通，阿莉达警惕地打量着他。塔鲁有一头紧密的黑色卷发，额间系着一条羽毛头带，那羽毛的色彩与泰诺族中男子所用的迥然不同。

"我是阿莉达，是cacique^⑨，酋长的长女。"她骄傲地说道，放下了弓箭。塔鲁点了点头，表示明白。

从塔鲁腰间垂挂的珠饰护身符来看，阿莉达猜测他应该是加勒比人，也就是与自己族人交战的敌人。她本应该对他心生畏惧。可他却显得颇为友好，向她招手，示意她留下来。两人并肩坐在一棵香果树底下，分享着果实，时不时羞涩地对视一笑。

很快，夜幕悄然降临。阿莉达这才意识到自己已逗留得太久。她心中涌起一丝不安，思绪飞转，怀疑这是不是一个陷阱。或许塔鲁的同胞正在袭击她的村庄？她推开他，脸上满是怀疑。塔鲁连连摇头，急切地说："不，不是的。我独自一人生活在这里，是不小心被落下的。"他努力想让她相信。

第二天，她回到那片潟湖，发现塔鲁正在等她，手中捧着几颗杨桃和小小的西班牙青柠作为礼物。

于是，他们在流淌的瀑布旁秘密相会。他们一起游泳嬉戏，一起采摘香果，用手势和沙滩上的勾画交流。没过多久，他们便深深相爱，几乎每天都会见面。

然而，阿莉达的频繁消失还是引起了族人的注意。她的表哥察觉到她总是行色匆匆，于是起了疑心。一天清晨，他跟踪她来到了瀑布边。他躲在一棵绞杀无花果树长而细的枝丫后，静静窥视。他看到阿丽达攀下岩壁，快步走向潟湖，一头扑进了塔鲁的怀里。他们紧紧相拥，彼此亲吻，指尖轻抚对方的肌肤。表哥目瞪口呆，难以置信。他认得塔鲁的装束，那分明是一个危险的加勒比士兵！他飞奔回村庄，径直闯入阿丽达父亲的住处，告诉他阿丽达的所作所为。

"她一直偷偷与一个加勒比士兵见面，就他们两个人！我亲眼所见！"他的话如同射出的毒箭，直刺父亲的心。酋长大惊失色，他不愿相信这一切。他的女儿竟背叛族人，与曾经屡次袭击他们村庄、折磨村民的敌人私会？

"你真的在与一个加勒比男人私会吗？"她的父亲问道。

阿丽达低下头，感到脸上一阵火烧般的羞愧。这一行为被视为对族人最严重的背叛。加勒比人曾多次袭击他们的村庄，折磨男子，掳走女子。酋长立刻命令士兵们披甲持械，先发制人，以免遭遇突袭。他们执起长矛，整装待发，发誓要像猎熊一样猎杀塔鲁，以保卫村庄。而阿丽达在煎熬中苦苦等待，直到夜幕降临，见士兵们无功而返，才终于松了一口气。

其实，塔鲁早已溜走，正悄悄地躲藏在村庄外。当阿丽达未如约前来与他相会时，他便起了疑心。避开了酋长派来的士兵后，他攀上了一棵木棉树的细长树干，寻求祖先灵魂的庇护。从树上，他注视着村庄，期待着任何关于心上人的消息。

然而，阿丽达已被许配给一个邻村的男子。她的父亲下定决心要将他们分开。阿丽达心如刀割，悲痛欲绝。一想到再也无法见到塔鲁，她的泪水便止不住地滑落。村中的妇人们围着她跳起了舞，在她脸上涂上艳丽的颜料，在她脖子上挂满贝壳项链，为她举行婚礼仪式。她们围绕着她，面带微笑和欢欣，视这桩婚事为族中的盛事。

"啊，你真是美得不可思议。"一位妇人赞叹道。

"你一定会非常幸福。"另一位妇人也附和道。

等到独自一人时，阿丽达向神灵祈祷，祈求月亮女神阿塔贝的儿子——犹加巫的垂怜。

"神啊，请带我离开这里吧，我再也无法承受。"她跪倒在地，泪如泉涌。神灵从天际俯视。他同情阿丽达，温柔地以充满希望的话语安抚她。

"不要悲伤，阿丽达，神听见了你的祈求。我将引领你走向自由，将你化作一朵美丽的花。"

犹加巫话音刚落，阿丽达便消失在夜色中。她变成了一朵鲜艳的红花，静静地站在山坡上，面朝太阳，随风轻轻摇曳。

至于塔鲁呢？我听见你们在问。他不知道阿丽达遭遇了什么，沉浸在悲伤和哀痛中。他向尤卡胡呼喊，祈求答案。神灵向他揭示了阿丽达的命运。

"我该去哪里找她？"塔鲁愤怒地用拳头捶打大地。可一切已无可挽回。如今，她已化作漫山遍野的红花中的一朵，连犹加巫都不知道哪一朵是她。为了抚慰伤心欲绝的塔鲁，神灵将他化作一只色彩斑斓的小鸟，使他可以四处飞翔，去寻找他的爱人阿丽达。

第二天，两名男子在森林中看到了一只小巧的绿鸟，在红花间疾速穿梭，灵动非凡。

"看，那只鸟飞得多快，忽左忽右。听听它羽翼振动的嗡鸣声，世上再无与之相似的声音。我们就叫它蜂鸟吧。"

时至今日，五彩斑斓的蜂鸟依然紧贴着最耀眼的红花盘旋不息。因为那是塔鲁所化，他依旧在寻找心爱的阿丽达。

注　释

① 英国伦敦东区口音指英国伦敦东区（伦敦的东区及其周边地区）特有的一种口音和方言，通常与该地区的工人阶级和市井文化相关联。参考链接：https://www.britannica.com/topic/Cockney。

② 分化统治，是一种政治或管理策略，指通过制造或利用群体之间的分歧、矛盾或对立，来削弱他们的团结，从而加强控制或统治。参考链接：https://www.oxfordreference.com/display/10.1093/acref/9780191828836.001.0001/acref-9780191828836-e-104。

③ 玛雅·安杰卢，美国黑人作家、剧作家、编辑、演员、导演和教师。她在贫民窟长大，曾当过厨师、电车售票员、女招待和舞蹈演员。她的作品深刻展现了美国黑人所面临的各种斗争，宣扬人文精神在消除种族歧视和贫穷方面的胜利。《我仍昂首前行》（"Still I Rise"）是她的诗歌代表作之一，是继马丁·路德·金《我有一个梦想》（"I Have a Dream"）之后美国黑人争取民权的又一里程碑式的作品。参考链接：https://www.britannica.com/biography/Maya-Angelou。

④ 金斯敦，牙买加的首都和经济文化中心，始建于1692年，1872年取代西班牙镇成为首府。几经地震破坏，1907年大地震后重建。港口优良，可泊大型海轮，进口占全国五分之四。有图书馆、博物馆、大学和国际机场。多教堂、要塞等古老建筑。参考链接：https://www.cihai.com.cn/detail?docId=5412877&docLibId=72&q=%E9%87%91%E6%96%AF%E6%95%A6。

⑤ 罗赖马山位于委内瑞拉、圭亚那和巴西三国交界处，是特普伊高原帕卡赖马山的最高峰。参考链接：https://www.zgbk.com/ecph/words?SiteID=1&ID=539490&Type=bkzyb&SubID=228693。

⑥ 阿塔贝，加勒比地区泰诺人神话中的一位重要女神，掌管生育、自然。参阅：Rouse, Irving. *The Tainos: Rise and Decline of the People*

Who Greeted Columbus (New Haven: Yale University Press, 1993)

⑦ pomerac源自法语克里奥尔语"pomme Malac"，因其质地与苹果相似，所以被称作"pomme Malac"，它属于桃金娘科，又称莲雾、洋蒲桃。它是马来西亚地区的本土植物，很可能在某一时期被引入加勒比海。参考链接：https://wetrinifood.com/pomerac-ultimate-guide/。

⑧ 吉贝，亦称"美洲木棉""爪哇木棉"。参考链接：https://www.cihai.com.cn/detail?docId=5401795&docLibId=72&q=%E5%90%89%E8%B4%9D。

⑨ "cacique"意为酋长，即印第安部落的首领。西班牙人采用了这个词，并通过他们的足迹将这个词传播到美洲各地。参考链接：https://www.britannica.com/topic/cacique-chief。

阿尔玛·克拉克

（巴巴多斯）

我是阿尔玛·克拉克（Alma Clarke）。1960 年，我 18 岁，从巴巴多斯（Barbados）来到英国。当时，我和朋友们在学校学习商务课程，包括速记、打字、记账等。我还向巴巴多斯综合医院递交了护士职位的申请。就在这时，英国卫生部长伊诺克·鲍威尔（Enoch Powell）来巴巴多斯访问，他亲自邀请巴巴多斯的年轻女性前往英国从事护理工作。他还告诉我们德比郡的生活无比美好。那时候，我对英国的城市一无所知，但去英国工作听起来颇像一次冒险。于是，年轻的我提交了申请，想前往英国从事护理工作。

我母亲先是收到了英国方面的邀请函。我抵达英国六周后，她又收到了巴巴多斯医院的录用通知并转寄给我。但为时已晚，我已经开始在英国接受护理培训，准备成为英国国家医疗服务体系（NHS）的一名护士。

那是我第一次离开巴巴多斯远行，但我一点也不紧张。我非常高兴终于能够摆脱严格的天主教家庭教育，获得完全的自由。当然，母亲给了我很多忠告和建议。她告诫我"绝对不能与男孩接吻"，否则就会怀孕。她还严厉地说："只有'放荡的女人'才会抽烟，所以你绝对不能抽烟。"我毫不犹豫地相信了她的话，这些忠告在我脑海中挥之不去。

我清楚地记得，前往德比郡的路上正好经过了伦敦。那时正值秋天，天气异常寒冷，连马呼出的气息都化作了白色雾气。我当时想：在这里，连马都在"抽烟"呀！伦敦给我的第一印象就是"真够脏的"。那时，工厂和煤炉散发出的烟雾遮蔽了天空。建筑物几乎都是黑的，连大本钟也罩着一层黑色的煤烟污渍。

在德比郡，我与其他学生一起接受护理培训。所有的人都住在同一个地方，而我是那里唯一的加勒比女孩。我还记得第一天，当我走进学生们休息的客厅时，发现每个人都在抽烟，我十分震惊。母亲的叮嘱一直回响在耳边，因此，我几乎不与其他女孩交流，也不愿与她们打交道。每天上完课，我便径直回到自己房间，给母亲写信，告诉她我很想回家，因为这里的人都很"放荡"。你们能想象当时的情景吗？好吧，我看起来一定十分沮丧。终于有一天，伯恩斯（Burns）修女把我叫到她的房间，关切地问我发生了什么事。我开始哭了起来，向她倾诉自己的烦恼，表达了对身边"放荡"女人们的不满。她满脸困惑，问我究竟在哪里见到了"放荡"的女人。我向她解释后，她告诉我，女性抽烟并不意味着行为不检点。当时，我无法理解母亲为什么要对我说那些话。但现在回头想，我相信她那时只是想尽可能地保护我，以免我误入歧途。

母亲并不只是告诫我，她还教会了我许多待人接物的礼仪。自幼严格的家教使我总是举止得体。与伯恩斯修女谈话后，我开始主动与其他女孩交流。她们和我一样，都是爱尔兰人和天主教徒。随着彼此了解的加深，我与她们成了好朋友，相处十分融洽，还一起去教堂。当时，英国本地女孩对护理职业毫无兴趣，因此，政府才邀请爱尔兰和加勒比地区的女孩来英国接受护理培训。

然而，那时黑人和爱尔兰人在英国处境艰难，常常遭受种族歧视。我清楚地记得，商店的橱窗里曾有这样的标语："不欢迎爱尔兰人，不欢迎有色人种，不准狗进入。"

在青年俱乐部等社交场所，种族隔离现象也司空见惯。但我依然与其他护士以及她们的家庭保持着交往。我们一起参加野餐和派对，度过了许多愉快时光。我也渐渐学会如何与不同背景的人相处。

1964 年，保守党议员彼得·格里菲斯（Peter Griffiths）在西米德兰兹地区当选，他的竞选口号赤裸裸地煽动种族歧视："如果你想和黑鬼做邻居，那就给工党投票吧。"

尽管当时社会上对黑人有各种偏见，我却因年轻而性格刚烈。那时，我负责医院的便盆收发工作。一天，我像往常一样巡视病房，大声喊着："收便盆！"这时，一名病人转过身问我："克拉克护士，听说你们黑人都住在树上，是真的吗？"我毫不犹豫地回答："哦，是的，我们住在树上。当玛格丽特公主（Princess Margaret）访问巴巴多斯时，她就睡在最大的一棵树上。"

你大概能想象接下来的情形吧！她立刻向病房的护士长告状，护士长又向总护士长报告，最终我受到了惩罚。直到今天，我仍清晰地记得那一幕，仿佛发生在昨日。总护士长端坐在办公桌后，背挺得笔直，语气冷厉："听说你侮辱了王室？"

我试图解释是病人先对我恶语相向，但她对此毫不在意，只是反复质问："你侮辱了王室吗？我不想听任何其他解释。"

当我最终回答"是"的时候，她冷冷地说："好吧，因为这件事，今天你别想休息了。你得一直干活，干满全天。"

在那个年代，总护士长确实有这样的处罚权。所以我不得不从早上九点一直工作到晚上九点。整整十二个小时，我一刻都未曾休息。那时候，毫无公正可言。但如今，可没人敢这样做了。我在护理行业工作多年，曾在英国各地的多家医院任职。

同时，我还是一名演员和歌手。2018 年，我创作了一首名为《温德拉什一代与敌意环境法案》（"The Windrush Generation and the Hostile Environment Bill"）的诗歌，并在英国议会大厦朗诵。如今，这首诗保存在布里斯托黑人历史档案馆。我定期修改这首诗歌，以确保它能反映时代的变化和历史的进程。遗憾的是，至今仍有许多移民饱受该法案的迫害。因此，分享我们的故事尤为重要。唯有如此，我们的声音才能被倾听，才能被广泛传播。

*请注意，本叙述涉及一些种族歧视性语言。

——作者注

戒慎与公正
之传说

种瓜得瓜，种豆得豆

（特立尼达岛）

森林边上有个小木屋，里面住着一家三口。他们是阿尼尔（Anil）、阿尼尔的妻子雷希米（Reshmi），还有阿尼尔年迈的父亲。那时，特立尼达岛上的生活十分艰难。阿尼尔每日在甘蔗田里辛勤劳作，弯腰挖地、锄地、除草。烈日炎炎，灼烧着他的脊背。雷希米则在糖厂工作，筛糖、碾糖。她黝黑的手指因长时间劳作而红肿、皲裂，疼痛难忍。

终于，漫长的一天过去，夜幕降临，他们得以回到家中。然而，雷希米的忙碌仍未结束。她先是拿起棕榈叶扫帚，将屋内积聚的尘土扫到后院。随后，她走进家里简陋的小厨房。厨房窗下有一个小水槽，角落里是一个沉重结实的烤炉，中间则摆放着一张木桌。她坐下来，将鹰嘴豆捣成泥，准备做晚餐——达尔普里饼。在她擀面团的时候，隔壁房间传来公公抱怨的声音。

"什么时候才能吃上饭？我饿了，怎么这么慢？"

雷希米尽力无视公公的话。她低声自语道："阿尼尔曾答应我，我们会有更好的生活，会有一座漂亮的房子，会拥有更多的自由。"她和许多人一样，从印度家乡的小村庄出发，远渡重洋，作为契约劳工来到加勒比地区。他们曾被承诺，劳作五年就可以换来一处安身之所和丰盛的食物。然而现实中，他们提供的是无偿劳作，自由更是遥不可及。就这样，雷希米在厨房低声嘟囔，心中满是苦涩。她的抱怨如同莫比树皮般苦涩难咽，黑暗的念头在她的心里不断盘旋。她将土豆咖喱与达尔普里饼端上桌，尽力将有限的食物分配到三个人的盘中。

他们默默地吃着饭。"就这些吗？"公公边吃边抱怨。

那天晚上，雷希米找到丈夫，说道："你能不能把你父亲安置到别的地方去？他是个不折不扣的负担，白白多了一张要填饱的嘴。而且，他整晚都在抱怨，什么忙也不帮。"阿尼尔低垂着头，默默地听着。

杓兰（LADY'S SLIPPER ORCHID）

"他年纪大了，雷希米。忍耐一下吧。他活不了太久了。"阿尼尔的声音因自己的话而微微颤抖。他知道父亲不是个好相处的人，但或许，他会比他们俩都活得更久。

每一天，妻子的话语都如利刃般刺痛阿尼尔的心，在他心中埋下新的疑虑。

"难道你就不能把你父亲送往别处，好让我们的日子稍微轻松些吗？"

终于，阿尼尔心力交瘁，他决心采取行动。一天下午，他早早地离开了种植园，回到家中找到父亲。他小心翼翼地从椅子上扶起父亲，背着他走进森林，说要带他散散步。父亲虚弱的双臂松松地搭在儿子的脖颈上，他已经许久没有离开过院子了。他深深地吸了一口气，贪婪地闻着杓兰的香气。当他看到树上挂满了西班牙青柠时，激动得几乎难以自抑。"停一下，儿子，摘些青柠给我吃吧。"

青柠（CHENETTE）

阿尼尔让父亲坐在树下，动手剥开那些青绿色的果子。他们静静地坐着，一起吃了起来，享受这难得的片刻安宁。远处传来瀑布的轰鸣声，五彩斑斓的蜂鸟振翅穿梭于树影之间，小巧的心舌青蛙跃上翠绿的叶片。过了一会儿，父亲问道："儿子，为什么我们还待在这里？我们还是赶紧回家吧，趁着鬼魂还没出来找我们。"

　　夜幕渐沉，活跃于夜晚的生灵悄然苏醒。长着白色翅膀的蝙蝠掠过天际，振翅间似乎带着死亡的气息。阿尼尔从树下抱起父亲，却没有沿着来时的路返回，而是朝着震耳欲聋的瀑布水声走去。在泥泞的河岸边，他站稳身子。他紧紧抱住父亲瘦弱的身躯，然后猛地一推，将父亲送进汹涌的激流中，湍急的水流瞬间吞没了老人的身影。阿尼尔回到家中，身旁已没有父亲的踪迹。他一次次说服自己，这一切是最好的安排。

　　岁月流转，阿尼尔与妻子迎来了他们的儿子，孩子的降生为他们的生活带来了无尽的喜悦，是他们从未想象过的幸福源泉。后来，雷希米去世了，留下阿尼尔与儿子、儿媳一起度过晚年。儿媳成了他生命中的新女儿，操持家务，烹饪打扫。如同他的父亲，阿尼尔也渐渐衰老，身体越来越虚弱。但他的嘴巴却依旧利索，絮絮叨叨，没完没了。

　　"儿媳妇，给我端些凉水解解渴。"

　　"儿媳妇，这里太热了，帮我挪个凉快些的地方。"

　　"儿媳妇，我饿了，什么时候才能吃上饭呀？"

阿尼尔的儿媳重重地叹了口气，公公的要求堆积如山，沉重得就像她那装满待洗衣物的洗衣篮。她拿起手中的棕榈叶扫帚，指尖被叶片锋利的边缘刺得微微发疼。她心中暗暗祈愿，希望在清扫房间的同时，也能将挥之不去的阴郁思绪一并扫除。然而，当食物日渐稀少，她的脸上还是露出了难以掩饰的不快。在这间狭小的木屋里，阿尼尔的儿子也愈发疲惫。每一天都被繁重的劳作填满，却看不到贫穷和苦难的尽头。

"你父亲就是个累赘，白白多添一张吃饭的嘴。难道你就不能把他送往别处？好让我们的日子稍微轻松些？"妻子的面容扭曲而紧绷，日复一日地催促。终于，一天清晨，东方的太阳尚未升起，阿尼尔的儿子背起了年迈的父亲，难得地带他去森林里散步。父亲瘦弱的手臂松松地搭在他的肩上。正如多年以前，阿尼尔背着自己的父亲一般。他们坐在河边，从树上摘下新鲜的罗望子，剥开小小的豆荚，里面是酸甜交融的果子。他们咀嚼着果肉，感到一种别样的满足。这片刻的宁静，仅属于他们二人。远处，瀑布轰鸣，奔腾而下，清凉的水注入蜿蜒的河流。巨大的蛾子拍打着黑色的翅膀飞过，仿佛为这一天的结束缓缓拉上了帷幕。天色渐暗，夜鸟开始凄厉地歌唱。白尾夜鹰的低鸣和巨角猫头鹰的鸣叫从树梢传来，令人在一片寂静中心生恐惧。阿尼尔望着眼前的景象，不禁想起多年前的那个夜晚。他转头看向自己的儿子，只见他低垂着头，将脸埋入双手间。

"别难过，"阿尼尔轻声说道，"我知道你打算将我溺毙于河中，我明白你的苦衷，也知道这是我应得的。但我很荣幸能做你的父亲，愿你的一生长久而幸福。"话毕，阿尼尔的泪水盈满眼眶，顺着他布满皱纹的面庞流下。就在这一刻，他的儿子意识到自己的想法可怕至极，忍不住摇了摇头。

"对不起，父亲，我不知道自己怎么会生出这样的念头。"他低声说道，羞愧地掩面。他轻轻抱起父亲，带他回家。他们到家时，他的妻子正坐在门廊上，沐浴着夜晚的微风。看到他们一同归来，她长叹一声，眼中流露出失望之情。

儿子将父亲安置在台阶上，随后坐到妻子身旁，说道："父亲是我生命的根源，我欠他一生的恩情，我无法剥夺他的生命。"妻子听后愣住了，无言以对。于是，他们不再撒播痛苦与悔恨的种子，而是学会了在困境中寻找另一条道路，走向真正的幸福。最终，他们收获了丰硕的人生果实。

三颗无花果

（巴巴多斯）

从前，巴巴多斯岛南侧的圣菲利浦教区住着一位富人，名叫托马斯（Thomas）。

从他的宅邸可以俯瞰博顿湾绵延的沙岸。他的土地上果树繁茂，果实累累，足以养活整座村庄。黄金苹果、杧果、罗望子、无花果，还有结橙色鲜果的阿开木，都在他的宅邸周围蓬勃生长。空气中总带着阳光的味道，清新怡人。然而，托马斯却从未留意过这片丰饶的美景，他性情暴戾，一心只想追求更多的财富。

托马斯的邻居杰克（Jack）仅有一小块土地。那块地上只长着一株高达五十余英尺的参天无花果树。这是岛上最高大的无花果树。它长长的气根从枝丫间低垂而下，犹如细密轻盈的胡须，因而被村民们称为"长胡子无花果树"。杰克性情温和，慷慨大方，哪怕自己常常囊中羞涩，却依然愿意对他人倾囊相助。他的无花果树虽然不结果实，却枝繁叶茂，巨大的树冠如同一把天然的华盖。杰克总是欢迎村民们到树下歇息，在树荫下纳凉。孩童们攀上垂落的气根，荡起秋千。他们的笑声、叫喊声在林间回荡，宛如鹦鹉在林梢上跳跃。

无花果树（FIG TREE）

"别吵了！"托马斯听见孩子们的喧闹声，气得大喊。他坐在门前的台阶上，低声咒骂道："总有一天，我要砍了那棵树。"

一个阳光明媚的清晨，杰克走进后院，惊喜地发现无花果树的一根枝条上结出了三颗硕大的果实，宛如褐红色的铃铛，低垂在枝头，等待被人摘取。

"多么奇妙的景象呀！这些是我所见过最美的无花果。"杰克小心翼翼地摘下果实，心中充满了骄傲。他为无花果树终于结出果实而欣喜不已，并决定将果实赠送他人，因为它们是十分完美的礼物。他将三颗无花果放入一只柳条篮中，思忖着要把它们送给邻居托马斯。他对昨日孩子们在花园中嬉闹发出的喧嚣仍然心存愧疚，这些珍贵的果实可以作为与托马斯的和解之礼。

杰克提着装有三颗无花果的柳条篮，缓步来到托马斯家。他走上台阶，来到门前。托马斯站在门口迎接他，脸色阴沉。

"我的无花果树终于结出了丰硕的果实，堪称王者之享！"杰克笑容满面，语气中透着自豪。然而，托马斯听后，脸上的怒意却更浓了。

"我特意将这些果子带来送给您，想为昨日孩子们在树下喧闹一事赔礼道歉，实在抱歉打扰了您。"杰克举起手中的柳条篮，将果实递向托马斯。

"我要这三颗破无花果做什么？我自己的花园就像一座金矿，各种果树应有尽有。要是你觉得这些无花果配得上国王，那就拿去送给他吧！"托马斯厉声说道，挥手把杰克赶下门廊。托马斯怒火中烧，感到受了羞辱——一个穷酸邻居竟敢认为他的果子能与自己果园中的珍品相提并论。杰克回到家后，默默思索着托马斯的话。"为什么不把它们送给国王呢？"他自言自语道。这三颗无花果饱满多汁，是他所见过最大的果实。国王一定会喜欢这份来自岛上的礼物。主意既定，他决定立刻前往王宫，亲自将这三颗无花果献给国王。他用一块崭新的布将无花果连枝包裹了起来。国王的宫殿位于岛北的圣彼得，无论穿越森林还是沿海绕行，都需要长途跋涉。于是，他为自己简单准备了一份路上吃的干粮——库库糊①和飞鱼。

杰克决定沿着晶莹洁白的海湾沙岸前行。这意味着他将沿着岛屿边缘跋涉，一侧是嶙峋崎岖的岩石，另一侧则是郁郁葱葱的森林。第二天一早，他小心翼翼地提着装有三颗无花果的布包，向着王宫出发了。海风从海面吹向内陆，他轻轻地踩着柔软的沙滩，倍感凉爽。一路上，他吹着清亮的口哨，与林间鸟鸣交相呼应，心中幻想着国王接过三颗美味无花果时的欣喜神情。当杰克行至基督城附近的峡口时，不小心被半埋在沙中的一根藤蔓绊住，他一个趔趄摔倒在地，手中装着三颗无花果的布包也随之跌落。

"哦，不！"杰克惊呼一声，懊恼地想着：倒霉事总是说来就来，真希望自己能提前料到这场意外。他拍去身上的沙土，拾起布包。打开一看，他发现其中一颗无花果已经被磕碰得伤痕累累，没法再献给国王当礼物了。杰克心里有些失落，但很快又振作了起来。"既然如此，就把这颗吃了吧，还剩下两颗可以献给国王。"

他一口吞下了那颗微微压扁的无花果。果实的味道甘甜如朝阳，是他这辈子吃过的最美味的东西。

"我一定要慢慢来，小心脚下，不能再出差错了。"他自言自语道，继续快步前行，但更小心地留意脚下的每一步。

他一路翻越伸入海中的礁石，跨过倒在沙滩上的椰子树，穿过从森林边缘蔓延出来的茂密草丛。当他抵达艾琳湾波光粼粼的蔚蓝海面时，忽然听到树丛中传来一阵低沉的咳嗽声，像是某种动物的声音。他环顾四周，没发现任何异常，便继续前行。那如犬吠般的咳嗽声却越来越清晰，似乎在向他靠近。就在他尚未反应过来之际，一道金绿色的身影从树间疾掠而出——一只绿毛猴扑到他身旁，瞬间夺走了他装着无花果的小布包。

"站住，你这个小偷！"杰克大喊，随即拔腿追去。那猴子身手十分敏捷，杰克奋力追赶，一路追进了森林深处。眼看猴子敏捷地攀上了一棵大树，杰克心想：这下完了，所有的无花果都搞丢了。正在懊恼之际，他低头一看，发现自己的布包掉在了地上。显然是猴子受了惊吓，将布包丢弃了。

"唉，看看我这倒霉样！"杰克叹了口气，心里直犯嘀咕，为什么送无花果的路上波折不断呀。他弯腰捡起布包，小心地打开查看，发现一颗无花果已从枝条上脱落，摔出了一道深深的瘀痕。

杰克心想：干脆把这颗摔坏的无花果也吃了吧，幸好还有一颗无花果依然完好无损，可以献给国王。他将摔坏的果子放入口中，细细咀嚼。无花果的籽粒在他齿间轻轻爆裂，甘甜的汁液瞬间弥漫开来。这颗果子的味道甚至比之前那颗更好。尽管他对仅剩一颗无花果深感惋惜，但转念一想，一颗完美的果实，总好过两手空空。

太阳缓缓沉入地平线，绚丽的霞光染红了天际。杰克将最后一颗无花果紧紧抱在胸前，匆匆赶路。一到斯佩茨敦，他便穿过街道朝王宫走去，沿途经过了几处饭馆和食品摊位。空气中弥漫着熟悉的炸鱼饼、烤猪尾和辣味红胡椒炖肉②的香气，他感到饥肠辘辘。他渴望地看着最后一颗无花果，但还是忍住了吃的冲动。

在王宫大门前，杰克向一名卫兵说明了来意，并展示了他为国王带来的礼物。

"你得在这里等着，直到国王有时间接见你。"卫兵说道。杰克并不介意。他礼貌地向卫兵道谢后，说道："我就在那棵树下坐一会儿，等待国王的召见。"他指了指不远处一棵纤细的罗望子树，枝头挂满了沉甸甸的豆荚。杰克走到树下，坐下来倚靠着树干，享受片刻的休憩。时间缓缓流逝，夜幕低垂时，宫殿内的街灯点亮了小路，杰克仍旧静静地等待在树下。

终于，卫兵出现了，宣布国王愿意接见他。卫兵领着杰克步入宫殿，并向国王说明了杰克此行的来意。国王是一位仁慈的君主，以体恤臣民、宽厚待人而闻名。他听闻杰克不顾路途遥远，前来进献礼物，颇为赞赏。

"听说你为我带来了礼物。"国王微微一笑，"我很想看看你究竟带来了什么。"

杰克小心翼翼地打开布包，呈上仅剩一颗无花果的枝条，低声说道："陛下，请恕罪，我本来有三颗无花果要献给您。但途中不小心绊倒，摔了一跤，其中一颗摔坏了，我只好将它吃了。后来包裹又遭遇一只绿毛猴抢夺，第二颗也摔落受损，我不得不也将它吃掉了。如今，只剩这一颗完好的无花果能够献给您了。"他说着低下头，双手将最后一颗无花果恭敬地奉上。国王见状，心生感慨。杰克一路艰辛地跋涉、历经波折只为献上最后一颗无花果，这份赤诚令人敬佩。

"多谢你的坦诚。"国王说道，"你本可以编造借口，为丢失的无花果找个托词，但你选择了实话相告。来，让我尝尝你的礼物吧。"说罢，他接过杰克递上的无花果，一口吞下。甘甜的滋味在口中绽放，国王脸上立刻浮现出欣喜之色。他点了点头，赞叹道："啊，这是金色阳光的味道呀！确实是我尝过的最美味的无花果。告诉我，你的无花果树有什么故事？我想听听。"

于是，杰克便讲起了无花果树的故事。那是全岛最高大的无花果树，枝繁叶茂，树荫广阔，许多家庭会特意前往树下野餐。无花果树悬垂的气根是孩子们攀爬嬉戏的秋千，他们的欢笑声经久不息。但奇怪的是，这棵树从未结过果。国王听后，被杰克的善良和真诚深深打动，决定给他一份赏赐。

"为表彰你的慷慨、诚实与赤诚，我将用金币装满你的布包。"国王向侍卫示意。不一会儿，一袋沉甸甸的金币便被放入杰克的布包中。杰克心怀感激，激动不已。他从未想过要得到任何回报，如今却得到如此丰厚的赏赐。他恭敬地向国王深深鞠躬，随即踏上归途，一路欢欣雀跃。

邻居托马斯听说杰克得到了不菲的赏赐，顿时心生嫉妒，难以自抑。他怒气冲冲地说道："连那个愚蠢的杰克都能从国王那里得到如此丰厚的赏赐，我一定能做得更好！"满腔怨愤之下，他开始谋划如何胜过杰克。他将自家果园中所有新鲜的无花果尽数摘下，堆满大车，准备献给国王。"国王见到我这些绝妙的无花果时，一定会赏赐我满满一大车的金币！"

怀着对财富的憧憬，托马斯驾车前往王宫。他一路盘算着：有了这笔钱，我可以扩建宅邸。我还可以买下杰克的那块地，成为这整片土地的主人。或许，我还能将整个村庄的土地都收入囊中！

从托马斯位于南部的家到北部的王宫，仅需半小时车程。抵达宫门后，卫兵告诉他国王正忙于处理政务，他需要静候传唤。这番话令托马斯极为不满。他迫不及待地想要得到大把的金币。

"我也是个忙人，国王肯定愿意见我！立刻告诉他我来了！"托马斯高声嚷道，与卫兵争执不休。然而，卫兵不为所动，拒绝去打扰国王。托马斯的大嗓门从敞开的窗户传入，穿过挂满壁画的长廊，一直传到王宫的议事厅里，惊动了正在与大臣商议国事的国王。

"为何如此吵闹？"国王皱眉问道，身旁的大臣们纷纷摇头，表示不知道发生了什么事。于是，国王迈步走出议事厅，来到庭院，查看究竟发生了什么事。只见托马斯站在宫门前，正与卫兵争执不休。

"陛下，请恕罪，但此人拒绝安静等待您的召见。"卫兵解释道。没等卫兵说完，托马斯便不耐烦地打断，大声嚷嚷道："陛下，您的卫兵无知透顶！四肢发达，头脑简单！他竟然不肯听我说话。我可是特意从自家果园带来了大量珍贵无比的无花果献给您，我的陛下！"

托马斯骄傲地挺起胸膛，滔滔不绝地向国王夸耀自己的礼物。他夸夸其谈、虚张声势的话语在国王耳边嗡嗡作响。起初，国王感到困惑，不明白托马斯为何突然带来如此多的无花果。他注视着托马斯不停开合的嘴，好像看到了一匹嘶鸣不止的马。他不禁想起了谦逊的杰克，那位耐心、举止得体的老实人。顿时，国王识破了托马斯的虚伪，意识到他此举不过是贪图金银回报。

"贪心不足蛇吞象！"国王怒声说道。他转身命令卫兵立刻将托马斯逐出王宫。托马斯大惊失色，仓皇逃离。卫兵们则从大车上抓起无花果朝他掷去。他一路狂奔进山里，犹如被恶鬼追赶，直到傍晚才狼狈地回到家中。

不久，这件事便传遍了整个岛屿，人人都知道托马斯带着无花果觐见国王，求赐黄金，结果却一无所获，只能夹着尾巴灰溜溜地回家。而杰克却因国王赏赐的财富过上了富足的生活。他依旧慷慨地让村民们在他那巨大的无花果树下野餐。如今，当你来到巴巴多斯，仍能见到这些壮丽的无花果树遍布岛屿。它们长长的气根如须、如髯，垂挂树间。这些长胡须的无花果树正是巴巴多斯岛名字的由来，"巴巴多斯"意为"多须之地"。

受委屈的魔鬼

（苏里南）

　　有一天，魔鬼与上帝进行了一场谈话。他们经常在天与地之间的某个中立之地相聚。那里既非天庭，也非凡间。他们一起思考问题、分享消息，偶尔也趁机争着吸引人类的注意。对他们而言，时间早已失去意义。他们可以随心所欲地在时空中停留、倒退或前行，能够根据自己的视角洞悉每一种局势的可能结局。

　　这一天，从魔鬼的视角来看，世界陷入混乱。火灾蔓延，山脉融化，动物灭绝，人们陷入恐慌与痛苦中。贪婪与不安交织在一起，犹如一场无法抵挡的飓风。它们盘旋而来，呼啸、冲撞，将世界搅得天翻地覆。最后它们又潜入人心，占据了人们心灵的每一寸空间。

　　而在上帝眼中，世界正处于一种恰到好处的状态。它如同一个沸腾的压力锅，每个人的欲望都在蓄势待发。混乱必将孕育出平静，而善意的种子早已散布四方，准备从这场浩劫中萌芽生长。

　　"你总是只看到事情糟糕的一面。"上帝思考后笑着说。

　　"不是这样的！"魔鬼眉头紧皱，愤然反驳道："无论发生什么坏事，人们总是怪罪到我头上。无论我做什么，始终得不到公正的对待。"

上帝叹了口气:"你为什么会这么想呢?"

魔鬼沉思片刻,周身散发出阵阵热浪,向四周蔓延。"我们来做个试验吧。我会向你证明,即便我行善事,我的恶名依然先于一切。"

上帝心中不禁生出一丝好奇。他早已洞悉万物,若能见到一些超出预知的变数,也是一件妙事!

于是,上帝按照魔鬼的要求变出了一块大石头,并将它放在地球上的一条小路上。这是一块形状不规则的花岗岩,嵌有晶莹的石英、斑斓的长石以及闪亮的黑云母。这块大石头被安放在苏里南久姆村外一条尘土飞扬的小路中央。石头不算太大,一脚可以跨过,也不算太小,足以让人坐下休息。魔鬼则变出一小袋黄金,放在石头边。

"现在,我们一起看看会发生什么事吧。"魔鬼得意地说。

那一天阳光格外明媚。沿着小路,雨林散发出迷人的芬芳,令人陶醉。高耸的炮弹树上挂满了圆滚滚的果实。粉白相间的莲花竞相开放,花瓣溢出了池塘,蔓延至小路上。一位名叫乔(Joe)的青年沿着小路慢慢走来。他一边走一边吹着口哨,向村子走去。他的思绪飘得很远,丝毫没有留意到小路中央那块石头。

"哎哟!"突然,他一声惊呼,一个趔趄,狠狠地踢到了石头。他蹲下身子揉着疼痛的脚,嘴里抱怨道:"哪个缺德鬼把石头丢到路中央!"然而,他并没有留意到石头边上那一小袋金子,而是一瘸一拐地继续向村子走去。

魔鬼转头对上帝说："瞧瞧，意外归咎到我头上了吧？"
上帝只是耸了耸肩，没有作答，静静观察着事态的发展。过了一
会儿，年迈的德索萨（D'souza）太太沿着小路走来。她沉浸在
林间回荡的鸟鸣声中，又忽然瞥见一只刺鼠迅速地钻进了灌木
丛。然而，她也没有注意到小路中间的那块石头。

　　"哎哟喂！"她痛呼一声，踉跄着撞上了石头，脚趾被狠狠
地砸了一下。"这是个什么鬼东西？"她低头瞅了瞅自己的脚，
却一点也没发现石头旁边有个装金子的袋子。随后，她也继续朝
村子走去了。

　　魔鬼与上帝皆微微扬眉，露出惊讶之色。事情的发展果然如
魔鬼所料，一切正按预期展开。不久后，两个年轻女孩走了过
来。她们刚从河中游泳归来，沿着小路走回家。当她们经过石头
旁时，其中一个名叫内拉（Nella）的女孩注意到了装金子的袋
子。"这是什么东西？"内拉好奇地问道。随即她捡起袋子递给
身旁的同伴看。两人一起打开袋子，探头一看，发现里面装满了
闪亮的金币。"感谢上帝！真是天赐的奇迹！"她们齐声欢呼，
雀跃不已，欢快地拥抱在一起。随后，二人一边欢呼一边朝家奔
去，嘴里还不停地喊着："感谢上帝！感谢上帝！"

　　魔鬼得意扬扬地转向上帝，冷笑道："你看到了吗？我早就
说过，无论我做什么，总是得不到应有的公正！"

玛丽·西科尔

　　每当人们追溯历史长河，跨越重洋与疆界时，总能发现战争书写的篇章。激烈的战事不断上演，国家与人民的命运在战火中更迭流转。在这些历史篇章中，往往会有这样一些人，他们不甘被战争的结果所左右，誓要掌握自己的命运。他们以满腔热忱与智慧，搅动时代的浪潮。

　　玛丽·西科尔（Mary Seacole）便是其中的杰出代表。她既是旅行家、企业家，也是一名护士。她怀揣舍己为人的大爱，毅然奔赴常人避之不及的危险之地。她的勇气与仁心使她成为英雄般的传奇人物。

玛丽·西科尔

　　玛丽的故事如同一锅丰盛的加勒比杂炖，融合了克里奥尔、非洲和英国的风味。她将多元文化、知识与力量融入所做的每一件事中。她本名玛丽·简·格兰特（Mary Jane Grant），出生于树木葱郁的牙买加岛，与兄弟姐妹一同长大。岛上有巍峨耸立的蓝山与约翰·克罗山，山中雨林茂密，热带植物与草药遍布其间。玛丽的母亲是克里奥尔人，父亲则是一名苏格兰士兵。在那个年代，船只穿梭往来，将来自加纳科曼廷堡的阿坎族人运送到牙买加。他们被迫在加勒比的土地上劳作，种植甘蔗。当时，经由甘蔗提炼的蔗糖是蛋糕与茶点中必不可少的调料。无数士兵驻扎在岛上，只为守护这片盛产甘蔗、咖啡与朗姆酒的宝地。士兵中既有英国人，也有克里奥尔人与非洲人。许多人在服役期满后才能获得自由。

在一个烈日炎炎的日子，年幼的玛丽坐在寄宿屋布伦德尔大厅长廊的台阶上玩耍。一只蝎子爬过，企图找个裂缝藏身。阳光将建筑的每个角落都染得白亮刺眼。但在西班牙青柠树的荫庇下，长廊上有一处凉爽之地。玛丽将布娃娃们整齐地沿着砖墙摆放，每个娃娃都用绷带和树叶包裹。它们侧身而卧，似乎正在发烧或染上了肠胃病。她曾多次看到母亲用这种方法照料真正的病人——那些住在大厅里、身体不适的军官。玛丽轻轻地为娃娃包扎，低声呢喃，安慰着它们。就在这时，母亲的声音从敞开的窗户传来，打断了她的过家家游戏。

"玛丽！玛丽！孩子你在哪儿？快从树上摘点可乐果来！"母亲的声音尖锐而急促，在庭院里回荡，不容忽视。或许是某位客人受了伤？玛丽心想，飞快地跑向母亲。

"有东西狠狠咬了这名士兵，毒素正在蔓延。"母亲一边解释，一边用湿布轻轻擦拭士兵的额头。玛丽看到蚊帐下的年轻男子因疼痛而扭动。他全身颤抖，牙齿打着寒战，额头上却渗出了滚烫的汗珠。他的嘴唇不是健康的粉红色，而是泛着暗淡的灰蓝色。触目惊心的溃烂红疹沿着他的手臂蔓延开来，伴随着灼烧般的刺痛。

玛丽把这些症状一一记了下来，她知道该怎么做。她常常被派去采摘、煮沸或捣碎草药。母亲每天都在传授她知识，教她如何使用古老的非洲药方，结合岛上的草药来治疗那些病患士兵。

玛丽跑出房间，急匆匆穿过院子，再经过一条满是房间的走廊，来到一个芳香四溢、色彩斑斓的果园。金黄的橙子、酸涩的葡萄柚，还有柠檬与青柠，挂在枝头如同等待被采摘的珍宝。新鲜生姜和蒲公英的清香弥漫在空气中。她小心翼翼地迈着步子，努力避开锋利的绿色荨麻和蠕动的蛇，寻找母亲需要的草药。

玛丽能够流利地背出各种开花植物与树木的名字，准确地判断它们在治病救人时的用途：

"香茅草，生命叶，

苦涩蔓，治病症。

番荔枝，灵魂草，

康复叶，愈伤生。"

玛丽采到草药后，又匆匆跑回大厅协助母亲。每当士兵们的高烧退去，伤口愈合，胃口恢复时，玛丽总会感到无比喜悦。在她眼中，这些士兵不仅是病患，更是朋友。她看着他们乘坐从英国远航而来的船只，来来去去。

黎明前，玛丽循着海风的气息，踏上了通往港口的小径。她站在岛屿边缘，双脚深深陷入柔软的沙土。凝望着远处逐渐消失在天际的船影，她心中涌起一股深切的向往。她渴望远行，探索广阔的世界，像红嘴蜂鸟那样穿梭天际，翩然不息。

她深吸一口咸涩的海风，暗自决定：总有一天，我也要乘风破浪，坐船驶向遥远的英国。她幻想着能登上一艘以古希腊诸神命名的船只——"黛安娜号"（Diana）、"阿喀琉斯号"（Achilles），或是"俄瑞斯忒斯号"（Orestes）。有时候，她也会凝视地图，指尖轻轻划过通往英国的航线。

她的梦想终究成真，或许，这本就是命运的召唤。年轻的玛丽终于踏上了前往英国的旅程，去探望父亲的家人。她乘坐船只，航行在碧蓝的加勒比海上，身后是怒放的圣诞红、飞流直下的瀑布，以及一座已有30多万奴隶的岛屿。

在英国生活时，玛丽有时会注意到一些英国人投来的冰冷目光，他们的神情与那里阴郁的天气颇为相衬。玛丽是一个沉静的少女，早已习惯了与白种人一起生活。但是，白人却看不惯她肉桂般的棕褐肤色。在街上，一些英国男孩总是会突然停下脚步，张大嘴巴，伸出手指，对着玛丽和她的黑人朋友指指点点。

我是克里奥尔人，体内流淌着苏格兰的血脉，玛丽暗想。她对这样的行为感到困惑不解。那些男孩盯着他们看，仿佛在提醒周围的人注意他们的肤色——那般深沉，那般不同，那般奇异。

"我不过是肤色偏棕——只不过比你们所喜爱的深色头发的女孩黑一些罢了。"

玛丽并未将这些举止放在心上。她的笑容依旧灿烂，神情一如既往地从容。她的思绪早已飘向远方。她已经品尝到旅行所带来的甘美自由，对未知世界的渴望更加炽热。初访之后，玛丽再次踏上前往英国的旅程，并带上了牙买加的果脯和腌菜，用以售卖。这成为她筹措旅费的绝佳方法。玛丽是一位独立且自由的女性，渴望探寻更广阔的世界，领略各地的人文风貌，如同巴哈马不懈歌唱的长尾巴的知更鸟，越来越多的岛屿国家召唤着她，等待她前去探索。

怀着无畏的冒险精神，玛丽航行至古巴、海地、巴哈马以及中美洲的巴拿马。她带回各种颇具当地特色的商品，并在牙买加出售，以筹集更多旅资。她在旅途中还悉心收集各种治疗热带疾病的秘方与妙法，积累了越来越深厚的护理知识。

想方设法救助身陷困境之人，在她心中始终是最重要的事。1854年的某个清晨，玛丽回到故乡金斯敦，来到布伦德尔府邸的前门。母亲与玛丽的丈夫埃德温·西科尔（Edwin Seacole）已相继离世，留下她独自经营这座寄宿屋。她端坐在长廊上，面带亲切的笑容，向来往的租客致意。她的秀发高高盘起，波浪般的卷发柔顺地垂落，耳畔悬着一对小巧的珍珠耳环，轻轻摇曳。宽松的长裙如伞般向四周铺展，使她显得愈发雍容端庄。她随手拿起报纸阅读，突然惊恐地倒吸一口气。新闻头条赫然跃于纸上，令人震惊。

克里米亚战争爆发：俄土交锋。

遥远的大西洋彼岸，一场战争正在展开。俄罗斯与土耳其为争夺多瑙河的控制权而开战。英法两国也卷入其中，帮助土耳其抵御俄罗斯。玛丽的目光扫过报纸上的字句，恐惧悄然涌上心头：

医院人满为患，伤者无处安置。士兵更多地死于热带疾病，而非战场枪火。

玛丽为她的朋友们感到忧虑：那些我曾照料过的英国男孩，如今也身陷这场战争。我必须设法前去帮助他们。她下定决心，立刻收拾行装，启程前往英国。"作为一名女医师，我在霍乱和黄热病暴发期间护理士兵的经验，必定会在这场战争中派上大用场。"她一边思考，一边将尽可能多的天然药材装进行李箱。然而，玛丽丝毫未曾料到成为克里米亚战争中的一名护士会如此艰难。她将经受种种失望，仿若攀登一座难以逾越的高山。

玛丽手握几封措辞得体而恳切的推荐信，其中一封来自一位退役的军医官。她一次次向陆军部递交申请，希望获得医院护士的职位。此外，她坚持不懈地书写了无数信函，请求陆军部长给予一次面试机会。然而，每封信件都如石沉大海，杳无音信。玛丽并未因之气馁，转而向医务部递交了申请。

玛丽在医务部门外静静等候了很久。她睁大眼睛盼望着，如同一只优雅的夜鹰，羽翼上褐色与黑色羽毛交错，如树皮般隐于自然。然而，没有人愿意接待这位孤身远行、决意奔赴战场的女子。傍晚时分，太阳落下，她的心亦随之沉落。她感到十分无助。倘若这是牙买加，或是任何加勒比海岛屿，人们早已认识到她的价值，知晓她能治愈士兵的病痛，珍视她所掌握的医术。

霍乱、痢疾、刀枪创伤并不难治。难道英国人不明白，有时候最简单的疗法却是最有效的？她对药方了然于心，倒背如流：

"芥末籽，解疼痛，

桂皮煮茶驱寒风，

黄热病，用甘汞，

芦荟番荔叶相辅。"

新的一天带来了新的思路与机遇。玛丽精神焕发，再次充满活力。她听闻弗洛伦斯·南丁格尔（Florence Nightingale）已抵达克里米亚，更多护士正陆续被派往战场。玛丽心中萌生了新的计划——她可以与这些英国护士同行。于是，她再次递交了申请，坚信陆军部必定会欣然接受她的服务。为了增加被录用的机会，玛丽设法得到了陆军部长的办公地址。她满怀希望，目光炯炯地坐在部长大厅的一隅，等了整整一个上午和一个下午，只为得到一个见面的机会。她沉默地坐着，一动不动，唯有石墙上画像中的人物用冷漠的目光注视着她。时光悄然流逝，白昼无声逝去。

这时，匆忙的脚步声传来。那些高傲的工作人员忙碌地走过，毫不理会玛丽。他们脸上满是对这位坐在宏伟大厅中棕色皮肤女子的厌恶。日复一日，她默默回到那里，静静地坐在角落，期盼能引起一丝注意。然而，经过的人无不投以轻蔑的目光，甚至发出不屑的咂嘴声。时间一长，空气中弥漫的敌意渐渐侵蚀了玛丽的决心，留下了难以愈合的伤痕。"她还在这儿？她以为自己在做什么？"低语声在大厅中回荡，刺耳又冷酷。

在那一刻，玛丽终于放弃了。她明白自己已经失败，无法如愿见到陆军部长。于是，她昂首离去。几日后，又出现一个机会——她获邀与弗洛伦斯·南丁格尔的一位同伴会面。

玛丽拂去连日来的失落，满怀热情地谈起自己的医学经历。那位女士审视着玛丽宽阔的面庞，面无表情地听完后，便匆匆想将她打发走。

"所有护理岗位都已满员，格兰特夫人。"她简短地回应道。冷峻的目光如刀锋般锐利，仿佛无声地传递着另一层含义："即便有空缺，我们也不会给你一个职位。"

那一晚，伦敦街头弥漫着一股令人作呕的恶臭。气味从腐朽的下水道与腐烂的污水中升腾而起，穿过街旁的屠宰场与牛棚，与锅中沸腾的油脂气味相混合，越来越浓烈。它如无形的鬼魅，悄然渗入人们的心灵与思绪，带来阴影般的黑暗念头。这些念头也悄悄潜入了玛丽的心田。她站在铺着鹅卵石的街道上，呼吸着污浊的夜空气，独自哭泣。

"难道仅仅因为我肤色黝黑，这里的人们便如此偏见重重，不愿接受我无私的帮助？难道我的血液，因流淌在深色肌肤之下，便与他们有所不同？"

她啜泣着，哭了很久，满含愤怒。在朦胧的夜雾中，匆忙赶路回家的行人投来了疑惑的目光。玛丽却毫不在意。她哭泣，为自己倾尽心血向掌权者陈述医学经历，却终究徒劳无功；她哭泣，为自己无论如何努力，却依然无法跨越种族偏见的鸿沟成为一名护士；她哭泣，更为那些本可以从她的医术中获益的士兵，他们将永远失去她的帮助。

众所周知，夜色的阴影总会在黎明的脚步轻轻踏入时消融殆尽。次日清晨，玛丽醒来，再次充满了活力，心中燃起了新的斗志与计划。正如大斑啄木鸟毫无畏惧地在树间现身，用强有力的喙凿开坚硬的树干，玛丽也从自己的智慧与机敏中汲取力量。

"我可以自筹船只，运送物资。我要开一家旅馆，为病痛中的士兵提供治疗。"玛丽宣布，她坚信自己的努力必将成功。她向那些了解她的医生与将军们求助，恳请他们捐助并给予力所能及的帮助。1855 年 1 月 25 日，玛丽和她的商业伙伴托马斯·戴（Thomas Day）从伦敦出发，航行三千余英里，前往克里米亚。

玛丽并不畏惧开创新事业，毕竟她曾经营过多项生意，还曾协助哥哥打理巴拿马的旅馆。这项新事业，必定会大受欢迎吧？她做了周密的计划，将旅馆的地点选在了春山。这个地方离士兵们在巴拉克拉瓦的驻地仅一箭之遥，他们来这里，或者派人来取一些来自家乡的物品，都十分方便。玛丽把这家旅馆命名为"英国旅馆"。对一些人来说，这家旅馆或许只是几座顶着铁皮屋顶的小屋。但对于玛丽和一些士兵而言，它是一片完整的建筑群。一英亩的泥泞土地上，矗立着一座铁制仓库，仓库的货架上摆满了各类补给品。除此之外，还有卧室，餐厅，军官的马厩和骡厩，圈养鸡、鸭、鹅的围栏，以及工作人员住的木屋。凛冽的海风吹来，空气变得刺骨寒冷。但士兵们在英国旅馆内能找到温暖，迎接他们的是熊熊的炉火和厨师们精心烹制的丰盛饭菜。

"谢谢您的仁慈，西科尔夫人，还有美味的猪肉。"晚餐后，一位疲惫的士兵微笑着舔了舔嘴唇，发自内心地赞美着。玛丽心中激动万分，她明白，来到这里是她最正确的选择。她最大的愿望就是每个人都能吃饱穿暖，有病痛时能得到好好照顾。

在不远处的斯库塔里，弗洛伦斯·南丁格尔正在医院里照料士兵。夜色中，她手提灯盏，轻步穿行于寂静的病房间，灯光柔和地洒落在正在阅读或安睡的士兵身上。护士和勤杂人员安静地走过，低声交谈，她们的面容上写满了悲痛与沉重，那是见过太多创伤后留下的神情。

玛丽既要经营旅馆，又要照料战场上的士兵。每天清晨四点，她便起身忙碌。她先为家禽拔毛、准备膳食、调配药剂。到了早上七点，她会准备好咖啡，并在早餐前亲自送到需要的人手中。她还常常前往旅馆对面的巴拉克拉瓦医院，带去书籍和报纸，安慰病中的士兵。有时候，她会骑马，装上补给物资，策马奔向前线。战场上弥漫着火药的气息，烟雾遮蔽了天日，常常让人什么都看不清。士兵们浑身血污，口渴难耐，疲惫不堪。然而，当他们透过迷雾遥望，看到熟悉的鲜红围巾时，心中便会涌上一股安慰与希望。

"是西科尔夫人！看，她来了！"一名年轻士兵在壕沟里喊道。他浑身颤抖，冻疮让双手刺痛僵硬，只能勉强握住手中的枪。天际低沉，空气中弥漫着寒冬的凄凉，四周的枪声轰鸣不绝。玛丽朝士兵们的方向奔去。她带着一个大包，包里装满了点心、饮品和绷带，丝毫不顾自己正处在敌火之中。远处，巨大的爆炸声划破长空，震耳欲聋的声音越来越近，越来越强烈。

"夫人，趴下！"一声惊呼划过战场，接着一个巨大的炮弹呼啸而来，直奔玛丽的方向。她急忙丢下手中的袋子，迅速俯身扑倒在泥泞中，炮弹贴着她的头顶掠过，险些夺去她的性命。年轻的士兵救了她一命，这份恩情，玛丽一生铭记于心。

战争结束后，玛丽回到了英国。此时的她已身无分文，所有的积蓄都花在了克里米亚。然而，玛丽总是既有想法又有行动力。她开始动笔写作，并于 1857 年出版了自传《西科尔夫人的奇妙冒险》（*The Wonderful Adventures of Mrs Seacole in Many*

Lands)一书，详细记录了她的旅行经历以及克里米亚战争的种种，取得了不小的成功。

她在英国度过了余下的夏日时光。当严冬来临时，她便回到牙买加，享受海风的轻抚，聆听雨林中传来的熟悉声音，直至1881年5月14日去世。

玛丽的非凡事迹与坚韧精神，深深地烙印在英国与牙买加人民的心灵深处。如果你去金斯敦医院探望病人，会看到那里有一座玛丽·西科尔楼；你走入伦敦国家肖像馆③，会看到玛丽的画像也被陈列其中。在圣托马斯医院门前，正对泰晤士河、靠近大本钟的地方，你还会看到一尊高达十英尺的优雅青铜雕像，那是玛丽·西科尔——一位曾在克里米亚战争中为英国士兵服务的牙买加护士与企业家。

注　释

① 库库糊是17世纪时被从西非带到巴巴多斯的一种食物，主要原料为玉米粉和秋葵，是巴巴多斯人的主食之一。参阅：焦震衡：《拉美和加勒比国家象征标志手册》，社会科学文献出版社，2015。

② 红胡椒炖肉是安提瓜和巴布达的国菜。它是由肉、蔬菜、茄子、秋葵、洋葱、香料等相混合烧制而成的汤菜。参阅：焦震衡：《拉美和加勒比国家象征标志手册》，社会科学文献出版社，2015。

③ 伦敦国家肖像馆始建于1856年，以收藏英国的名人肖像画闻名。馆址毗邻伦敦国家美术馆，位于特拉法加广场的北侧。参考链接：https://www.britannica.com/topic/National-Portrait-Gallery-museum-London。

参考文献

1. 作者参考文献

本书中的部分故事源自童年时母亲与外祖母给我讲述的故事，部分故事来自著名故事讲述者格雷丝·霍尔沃斯、巴登·普林斯和温斯顿·恩津加的分享。其余的故事则来自我个人收藏的书籍、档案，以及以下图书馆藏书，它们是我写作时的参考书目以及灵感的源泉。

Bennett, Louise, *Anancy and Miss Lou* (Kingston, Jamaica: Sangster's Book Stores, 1979).

Charles, Faustin, *Under the Storyteller's Spell* (London: Puffin, 1991).

Grant, Rosamund, *Caribbean and African Cookery* (London: Grub Street Publishing, 2003).

Hearn, Lafcadio, *Two Years in the French West Indies* (London: Harper & Brothers, 1890).

Mahabir, Kumar, et al., *Caribbean Indian Folktales* (San Juan, Trinidad and Tobago: Chakra Publishing House, 2005).

Sánchez González, Lisa, *The Stories I Read to the Children: The Life and Writing of Pura Belpré, the Legendary Storyteller, Children's Author, and New York Public Librarian* (New York: Centro Press, 2013).

Seacole, Mary, *The Wonderful Adventures of Mrs Seacole in Many Lands* (London: James Blackwoad, 1857).

The American Folklore Journal.

2. 译者主要参考文献

Joel Chandler Harris, *My Big Book of Brer Rabbit Stories* (Portland: Crescent, 1988).

焦震衡，拉美和加勒比国家象征标志手册，北京：社会科学文献出版社，2015。

Enyclopedia Britannica Online，https://www.britannica.com。

辞海网，https://www.cihai.com.cn。

《中国大百科全书》第三版网络版，https://www.zgbk.com/。

"加勒比译<u>丛</u>"简介

加勒比，这片位于大西洋与美洲大陆之间的岛屿群落，既是帝国殖民、奴隶贸易与全球资本扩张的历史交汇点，也是文化杂糅、身份重塑与思想抗争的独特空间。"加勒比译<u>丛</u>"是国内首个系统性译介加勒比文学与文化的重要出版工程，包括文学、历史、社会文化、批判思想等多个领域，填补了中文世界在该区域研究中的空白。

译丛以多元开放的视野，回应殖民历史与全球南方知识体系的对话诉求，突破西方中心的话语桎梏，搭建起中国与加勒比之间跨文化、跨文明的思想桥梁。它不仅为学术界拓展全球认知疆域、深化世界文学、文化研究与哲学社会科学体系建设提供新资源，也为广大读者呈现一幅跨越海洋、融合文明的文化图景，激发对历史、身份与世界的更深层思考。

"加勒比译丛"是一个走近加勒比的窗口，更是一座通向全球思想共建的桥梁。

总主编简介

周敏，杭州师范大学外国语学院院长，加勒比地区研究中心主任，国家重大人才工程特聘教授，国家社科基金重大招标项目"加勒比文学史研究"首席专家，教育部新世纪优秀人才。研究领域为加勒比文学、当代英美文学及西方文论等。兼任北京外国语大学王佐良外国文学高等研究院客座研究员，《加勒比地区研究》主编、《英美文学研究论丛》（CSSCI）副主编、*Island Studies*（SSCI）副主编等。此外，担任浙江省外文学会会长、中外语言文化比较学会中英语言文化比较专业委员会会长、中国外国文学学会外国文艺理论分会副会长、中国比较文学学会世界文学与文艺理论专业委员会副会长等。曾任美国哥伦比亚大学"富布莱特"高级研究学者，奥地利克拉根福大学讲座教授，上海外国语大学文学研究院副院长。